LOCUS

LOCUS

LOCUS

Home *is where the heart is.*

home 02　設計私生活

[作者] 歐陽應霽
[攝影] 包瑾健
[美術設計] 孫浚良，歐陽應霽
[設計製作] 馬千山
[責任編輯] 李惠貞
[法律顧問] 全理法律事務所董安丹律師
[出版者] 大塊文化出版股份有限公司
台北市105南京東路四段25號11樓
www.locuspublishing.com
讀者服務專線：0800-006689
[TEL] (02)87123898　[FAX] (02)87123897
[郵撥帳號] 18955675　[戶名] 大塊文化出版股份有限公司

[總經銷] 大和書報圖書股份有限公司　[地址] 台北縣三重市大智路139號
[TEL] (02)29818089（代表號）[FAX] (02)29883028 29813049
[製版] 瑞豐製版印刷股份有限公司
[初版一刷] 2002年12月

[定價] 新台幣380元
Printed in Taiwan

設計私生活
design/myself

歐陽應霽◎著

「生活」兩個字是很有趣的，許多名人經常使用這兩個字，卻忙碌的沒時間好好過「私生活」。《設計私生活》乍聽像《設計師生活》，極有意思，其實從書名就可以發現歐陽應霽的性格。「設計」私生活，一句動詞，比名詞「設計師」生活，充滿豐富性與可變性，典型射手座的活動力吧，也正是我看見的歐陽應霽。

坦白說，歐陽應霽是我的偶像。

有幾年，我幾乎每天閱讀他的漫畫書、文字書，他的作品總是讓我充滿想像空間與奇妙的平靜感，詩一樣的觸覺……

歐陽應霽是一個溫馴謙虛但充滿年輕活力的人，非常貼切他的作品，他總是對人與事充滿強烈好奇心與行動力，很不可思議，哪來這麼大能量呢？

這能量奇妙地擴散海內外，2000年秋天我去華盛頓 D.C 的漫畫博覽會演講，幾個外國媒體記者跟我提到一個香港漫畫家說非常有趣，他們才描述一兩句，我一聽就認為是歐陽應霽，之後證明是。

年紀越來越長，感覺漫畫家或作家，大多封閉，也因為許多時間都消耗在作品的創作維持量，能夠真正過生活、認真地認識許多有趣的人、到各國實地旅遊、對生活與藝術充滿好奇的人，越來越有限，越有知名度的越忙碌，誰能夠真正「設計」一個「私」生活呢？大多數都在過「公」生活。

這大概是歐陽應霽的作品與人，一直讓我很感動的原因吧，或說，他這個人就是一件有趣的作品，才能有那麼多不同領域的創作。

詩人與頑童，是我認為對歐陽應霽最貼切的解釋，而且，從他書中精簡動人的字句與細膩的觀察角度，完全可以感受，不信，你現在就可以翻閱……

漫畫家 水瓶鯨魚

我與歐陽應霽素未謀面，但久聞其名。在這速度縮短實在距離，人事物摩肩接踵的世紀裡，透過書和文字來認識一個人似乎顯得古希了。而透過文字和性情來感知人類文明、生活之美，則似乎不但古希，尚有遭受恐龍之譏的危險。讀完歐陽的《設計私生活》之後才發現，原來一切都是那麼自然。不論是歐陽著名的畫，還是現在手上的文，我們或可說歐陽在某種精神上繼承了中國人文傳統中的雅玩神韻，好比是明清的文人重生在今日的世界，浮生依樣把玩。舉凡人情、傢俬、書畫、遊歷、珍玩、手藝，無一不涵攝於人文美學的關注裡。雖說歐陽在〈我有我椅夢〉中談遍東西方過去現在的椅子，並自謙「明朝的夢還是留給明朝」，生活在玩物的今朝的我們，倒還想謝謝歐陽一聲。謝謝他的文字幽遠地喚起了我們稍不留意便喪失了的志。

《FHM》總編輯 余光照

推薦說

「你的香港朋友的棉被還在我那兒！」我媽對我說。阿熇和美蘭在90年離開台灣的時候，留下了一堆家當給我，包括一個煲湯用的沙鍋。那是一段美麗的時光，和阿熇與美蘭天天泡在一起，談理想，談設計，談吃飯，談天談地，甚至透過阿熇讓我重新認識了台北。這兩個香港外人很努力的生活在台北，尋找各種台北的文化特質，小心翼翼放在《號外》上，讓台灣人正視自己的生活文化。

沒想到阿熇在離開台灣之後，更擴大版圖，努力的「活在世界上」，認真且執著的去觀察全世界的流行文化。

第一次認識阿熇是透過他的漫畫《連環途》，總覺得他有一個怪怪的頭腦，明明是享受都市文明的人，偏偏又想逃走，卻又逃不出去。看他的漫畫，總有一種被都會文明疏離的快感。直到他背起了行囊，遠赴葉門，回來後又分享了他的旅程記憶，才又驚覺到「終究還是一個文藝青年」，每一個時代都有一種文藝使命感症候群，只是多變的文化形式已把事情攪得複雜了。

每當他又風塵僕僕的出現在我面前時，我總是在猜，他的精力和熱情，哪個時候才會用盡！

建築師 陳瑞憲

動情，不管是對人、貓狗兔、大樹小草等等，都是人們熟悉的有情眾生，可有些人的磁場特別敏感，這種人不只能感受有機生物的電波，對無機生物的能量也極其感應，因此他們看椅子、玩具、衣服、燈、筆記本、積木、圖畫……都可以把它們看成活物，看到它們活躍的電子活動場。

歐陽應霽就是這樣一個人，他描述行遍花花世界看盡設計百態的種種私生活，你會突然覺得此人前世或許是個行腳僧，他今生如專研迷戀人間色相的肌理、百物浮華的層次，其實做的還是修行的事，他修的是悟得色不異空、空不異色的道。

他的《設計私生活》一書，好看就在文章中色與空的辯證，此人寫的是時尚神學，他下筆天下微物，表面寫得唯物，其實唯心極了。I shop therefore I am. 就是他和創造萬物的上帝之間的命題。

年輕人看歐陽應霽這本書，會看到他眼下熱鬧極了的人間花鳥，好多奇人奇物；有一點年紀的就會看到他心中安靜下來的世態山水。他寫物竟然寫到了讓人想放下物，他把物看得如此分明、如此認真，最後卻像是想轉開身，說「我都看過了」。

在他還沒有完全轉開身前，就讓我們來分享一下他充滿自覺的「設計私生活」吧！上帝玩設計的遊戲，歐陽應霽愛看這場被設計的遊戲。

作家 韓良露

從來沒有正式擁有過一隻手錶。

嚴格要在家裡不知哪裡角落找的話，還是會找出幾隻不知哪個場合、哪個聚會獲贈的紀念手錶，提醒你原本花過這些時間有過這麼一回事。常常會想，倒不如送我更實用的鬧鐘吧，可是這又正正犯了自家中國人的大忌。

沒有手錶，完全是個人喜好原因——不喜歡腕上沉甸甸的有個負擔，就像從來不戴項鍊和戒指，怕麻煩。況且在這個爭分奪秒的時世，留在室內走在街上，轉身舉目都是私家的公眾的時計，那個走得快了那個故意調慢了，我都清楚。

^序設計自己

自己沒有手錶，我還卻是曾經一度迷過款式層出不窮的Swatch，是八〇年代叱吒風雲的意大利設計團隊Memphis的創辦人之一Matteo Thun執掌Swatch設計部門的那段日子吧。當然我也曾經被偶像級意大利建築師Aldo Rosi為Alessi設計的有如他的建築一樣理性地詩意的Momento手錶系列迷住，幾番站在米蘭的Alessi旗艦店裡徘徊掙扎，連信用卡也幾乎拿出來要付帳了。還有的是雜誌Colour的創辦主編Tibor Kalman早年為自家設計工作室M & Co設計的一系列顛覆玩鬧的概念時鐘，後來被某家更顛覆的廠商翻版成手錶：時刻數字都不順序，又或者故意印得迷糊像喝醉，有一個款式更只印有一個5字，提醒大家要下班要去玩了——這都貼近我真正覺得需要的手錶，當然，我還是最後決定不必買。

在這個範圍這個意義上，我的確不是一個會促進社會經濟發展的積極的消費者。但換一個場合，我買雜誌買書買ＣＤ買船票火車票飛機票，在旅館在餐廳付帳都比大家兇狠，我想這就是選擇吧，雖然也不見得很自由。

始終相信我們應該有權去選擇，在芸芸眾生眾物中選擇出此時此刻合適自己的——何者高貴何物低賤，完全看你自己怎麼定義。我只希望爭取不要活在別人的指點與期許當中，找點時間和機會去真正認識了解身邊人與物背後的大小故事，學懂尊重和欣賞蘊含其中的創意，嘗試在這個物慾社會中，在拜物戀物之餘，尋找人的彈性和可能性。簡單的說，也就是在一堆精彩絕倫的設計物的團團圍困當中，清楚明白如何設計更屬害的自己。

應霽 二〇〇二年十一月

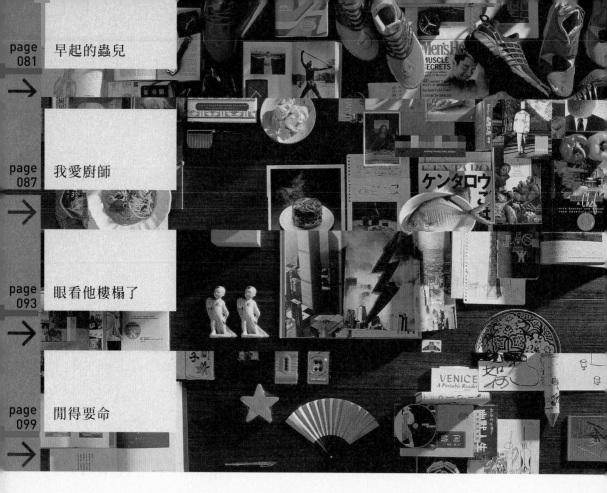

關於切

關於切，我知道多少？

是泰國周日市場某個成衣地攤堆積如山的T恤圖案？棉質，紅地，粗糙的絲印上那個從一幅60年舊照片繪移過來木刻一般的頭像：頭戴別有五角星的游擊扁帽，鬈曲長髮，滿臉絡腮鬍子，神情嚴肅－－－作為20世紀最有影響力的其中一幅頭像，很多人穿了這件簡單又時髦的頭像紅T恤去逛街去看電影去音樂會，但也不知道這個人是誰，或者也只唸得出T恤上印著的三個字母，CHE。

Ernesto Che Guevara，拉丁美洲人親切的直呼為Che，也就是大兄的意思。這位大兄的頭像在1967年，他被玻利維亞軍隊和美國中央情報局逮捕並暗殺後，成為了古巴大街小巷機關裡家庭中奉為烈士為英雄的聖像，成為拉美而且世界各地游擊隊革命軍的信仰標誌，成為68年以至日後各地大學生，工人，群眾上街抗議遊行，無論是反資本主義，反殖民主義，反全球化反政府種種活動的精神肖像符號，成為高舉的橫額揮舞的旗幟。當然你也會在流行搖滾音樂會的大型電子顯示屏幕中看到他，在德國、意大利和阿根廷一些國際著名的足球隊旗上看到他，在數十本關於他的言行傳記他的親筆日記，他的演講錄音他的攝影畫冊他的卡通漫畫的封面上，就是這個簡單紅黑頭像已經是暢銷熱賣的保證。從他為名為號召的網頁不下十數個，而且都是資料詳盡製作認真，至於把他的頭像發展為蒙娜麗莎版，少女版甚至猿人版，開了小小一個投機商品的玩笑，切的女兒阿蕾達在稍有不滿的同時也覺得，這應該有某種青年男女相信的東西在裡面，這是件好事。

地位超然有若誠品書店在台灣的季風書店在上海，陝西南路地鐵站內的旗艦店，推薦書專櫃上有北京出版社98年版翻譯自阿根廷編著者F.D.Garcia和O.Sola的大型照片集，簡單直接就叫《CHE，切·格瓦拉》。難得兩岸都用統一的譯名，這本厚厚二百二十四頁的黑白圖文精印，是繼97年大塊文化出版的《CHE，革命前夕的摩托車之旅》，切·格瓦拉的拉美手記中譯之後，一本叫人一步一步走近認識了解這個傳奇革命英雄的專著。

不容否認，有人親近他崇拜他迷戀他，是因為他英俊。他那裸著上身，穿著寬大軍褲，側身半躺半坐在鋪著雪白而凌亂的床單的睡床上，懶懶的喝著巴拉圭馬黛茶的照片，叫他成為最性感的革命英雄。英雄當然可以性感，但革命畢竟不是請客吃飯，不是繡花做文章，革命是一個階級與另一個階級的激烈鬥爭，會顛沛流離會妻離子散會流血，會犧牲。

革命，於我們這群只樂於精於在市場地攤殺價討便宜多買兩件T恤的新人類，究竟是什麼？在懷疑自己是否有能力推翻一個還未能確認的對象之前，可能首先要嘗試推翻自己，也就是說，要革自己的命。

1928年出生於阿根廷一個開明富裕家庭的切·格瓦拉，童年生活優裕，繼承了身為名醫的父親的志向，本身也在布宜諾斯艾利斯大學習醫。他自身的第一場小革命，就是向從小纏身的嚴重哮喘病挑戰，自組

球隊去從事激烈的美式足球運動，帶著氣喘藥上場，向自己的命運抗爭。他也像同代的嬉皮，告別女友騎上摩托，在51到52年間漫遊拉美，「所到之處，我們盡情地呼吸著那裡的更為輕鬆的空氣。那些遙遠的國家，那裡的英雄業績，那裡的美麗姑娘，都永留我們的腦海中——」。他出發，是要在未知裡尋求真相和答案，而當他一次又一次的面對途中各地慘被資本主義霸權大國無良剝削的貧苦大眾，感同身受，他開始意識到解決問題就只能靠行動，這個行動就是革命，一場能夠真正動員起民眾，了解並且參與的自下而上的革命。推翻的不僅是依附外國金錢和政治勢力，在人民頭上作威作福的腐敗政權，而更是那種為富不仁的剝削制度，那種甘被踐踏的無知奴性。他在往後的革命日子裡，置生死於度外，漂流所到處，點燃煽動正義之火。他相信自己，也更相信人民，能夠把平民百姓從危苦中解脫出來，是他最原始最基本的革命目標，也因為這樣，他無私他奉獻，他漂亮。

把切的頭像畫片夾在自家的日記本裡，把印有他頭像的T恤穿在身上，我們企圖提醒自己，三十多年前有人為一個純真的浪漫的崇高的理念而死———其實這場從未止息的革命中，捐軀犧牲的又何止切·格瓦拉一人，風雲際遇，歷史成就了一個傳奇。也因為他在生前從來就反對個人主義，即使他在古巴時期是位高權重的領導人，也經常出現在碼頭卸貨，在農地砍甘蔗，沒有人懷疑他在作秀，因為他永遠像小孩一

樣率真磊落。

在那攝影專輯裡數百張他的珍貴照片中，我們看到一個永遠穿著軍服的永遠革命的切，看到一個與菲德爾・卡斯特羅，赫魯曉夫，毛澤東在握手在交談的切，也看到更多他與各地民眾，游擊隊戰士，與母親與妻子與孩子在一起的情景。巴黎清晨三點，他與沙特和西蒙波娃在談的是什麼？把招牌鬍子剃掉裝扮成像馬龍白蘭度教父造型為了躲人耳目潛逃國外的他，唧著雪茄又在想什麼？八歲時候與一群童年友好在高爾夫球場的舊照，十歲時在野外裝扮成印第安人與母親和弟妹的合照，以至那震撼世人的他遇害以後被一眾軍官在洗衣房向國際媒體展示其屍體的遺像，叫人不得不想起基督蒙難的畫像，正如南方朔先生論述：「他的努力終究產生了一種超級大國不再敢於對中南美洲任意欺凌剝削的新歷史情勢。他並不是全然的悲劇英雄，而是一個典範，一尊現代的『被釘十字架神人偶像』。」

在風起雲湧的當下，我們好奇切，崇拜切，我們閱讀革命，想像革命。我們可能透過商品認識他，但我們知道他不只是一件T恤，一本書一張唱片，他有血有肉，他上下探索，他關懷他人性，他做夢，他是革命。

01. 裸著上身半躺半坐在鋪著雪白而凌亂的床單的睡床上，懶懶的喝著巴拉圭馬黛茶……英雄切・格瓦拉把革命和性感微妙的連結。

02. 古巴首都夏灣拿街頭，當年與今日大抵沒兩樣。

キューバ革命五〇〇年史
アトゥエイからチェ・ゲバラまで

03.

特集

キューバ
革命とエロ

05.

06.

04.

03. 97年4月號，日本《studio voice》雜誌整整60頁古巴專題。

04. 「他並不是全然的悲劇英雄，而是一個典範，一尊現代的『被釘十字架神人偶像』……」南方朔論切·格瓦拉。

05. 紅色英雄，革命究竟是幾分暴烈？幾分浪漫？

06. 臨海的夏灣拿，海邊長堤正面挑戰風浪。

07.

08.

09.

10.

07. 紅黑頭像作為T恤作為海報作為旗幟，跨世紀最
    革命的流行商品。

08. 煙霧中誤涉家族恩怨情仇，夏灣拿當地特產雪茄
    名牌之一：Romeo Y Julieta。

09. 文字資料詳盡，歷史圖片異常珍貴豐富，北京
    出版社98年翻譯出版的《切‧格瓦拉》圖集。

10. 換一身軍備用品，可否沾染一點革命氣息？

延伸閱讀

切·格瓦拉
《CHE，革命前夕的摩托車之旅》
梁永安／傅凌／白裕承 譯
台北：大塊文化，1997

費爾南多·迪取戈·加爾西亞等
《切·格瓦拉》
徐季瓊，李志華 譯
北京：北京出版社，1998

中國社會科學院拉丁美洲研究所
《拉丁美洲歷史詞典》
上海：上海辭書出版社，1990

11. 從1909至1950古巴經典流行樂曲全收錄，聆聽古巴最好機會。

12. 酷愛古董車的一眾在夏灣拿街頭肯定樂瘋了。

從下而上

推門進來，兩個小男生，一個高高瘦瘦，一個壯壯的，跟我點頭微笑，一看，同樣都是精靈得可以的十七八歲，陽光滿臉青春逼人。

哥倆逕自走到櫃架那端，第一時間，隨手拿起鮮橘色塑料外殼，掀開內藏全銀色的鋁質手電筒，拎起感覺一下沉沉的份量，走過來，開口：「還有沒有多一柄，我要，他也要。」壯壯的跟我說，語帶興奮。

還好還好，昨天才新到的貨，聞風而至或撥電話來預留的把貨都搶得七七八八了，你們一人要一柄，還足夠配給，我笑著說——高瘦男生正在撥手機，跟電話另一端的誰在對答：「還有貨，你也來一柄吧，真的酷斃了——」結果，兩人買走了四柄手電筒：合共港幣二仟七佰六十元正，心滿意足，一陣旋風的走了。

我也許是個幸運的能夠維持一定營業額的售貨員，但看來不是一個合格的好的售貨員，因為我在短短的與這兩個顧客的接觸時間裡，完全沒有提到這柄我自己著實也喜歡的鋁質手電筒，是當今紅得厲害的產品／傢具設計師Marc Newson於97年替意大利著名燈飾廠商Flos設計的產品，去年正式投入生產推出市面，全鋁的柄身，柱頭成球體又有深刻坑位，科技未來感覺強烈，加上一個橘色的塑料外殼，包裝俐落，先聲奪人。說它不過是手電筒一柄也當然是，但新晉大師的一項拎在手裡也算沉甸甸的設計品，相對他其他價值不菲的傢具產品，這已經算是一般人還該付負得起的實用收藏。剛才兩個小朋友，是早就久仰Marc Newson大名？是以他為奮發追趕學習榜樣？還是翻了一下潮流刊物看了一眼這酷酷怪怪的（其實也頗粗暴頗男性的）產品外形，就隨手刷刷信用卡，先買為快！？

看上了看中了，喜歡就是喜歡，要買就買，這本來是簡單不過的消費行為模式，但我想我是介意的，尤其身兼一個經營銷售者的角色，我始終不希望我

的顧客買走的只是一個外在形體，甚至只是一些聰明包裝，我期望他們她們能一併買走產品背後的創意理念，感受到那貼身甚至超前的時代氣息，能夠與設計者生產者互動溝通交流，能夠擁有那麼一點態度一種反省——天啊，我是多心多慮，為難自己也為難別人了。

唯有寄望的是，這一柄被買回家乖乖躺著偶爾發光發亮的手電筒，自己也有感染力也會說故事——

可知道現在經常上報章雜誌封面成專題訪問對象的束一辮馬尾的帥哥Marc Newson在家鄉澳州悉尼近郊出生數月後，生父就拋妻棄子一走了之，小子由母親獨力一手撫養長大。

可知道年幼的Marc隨母親飄泊打工，穿州過省這裡半年那裡數月，十二歲的時候在歐洲轉了一圈然後落腳倫敦一年，回澳洲後又隨母親跟繼父到了韓國，究竟他有沒有好好唸過書他也說不清楚，唯一認真的大抵是上美術課和課後在希臘裔的木匠外祖父的車房工場裡釘錘拆嵌，構建自己的機械小宇宙。

可知道現在定居倫敦，在Paddington火車站附近擁有漂亮房子以及運作一個在West End有十數員工有完善設備的設計工作室的Marc，曾經窮得要匿居在模特兒女友的東京郊外的宿舍房間的衣櫃裡，要在巴黎Rue Saint-Denis紅燈區住一個不見天日的小隔間，要在倫敦寒冬的惡劣天氣裡，在小房間露台搭一個臨時篷帳，才有足夠位置實驗他的用玻璃纖維做間格結構的抽屜Pod of Drawer（幾年後這個一鳴驚人的設計被法國時裝壞孩子Jean-Paul Gaultier賞識收藏！），為了不讓玻璃纖維因室外溫度太冷而不凝固，他只好整晚用吹髮器去暖著篷帳內的冷空氣。

當然大家也會從Marc的眾多訪談中，得知他母親原來也有不俗的設計品味，由於在建築師事務所當秘書，耳濡目染，家裡也不乏當年意大利設計師的前衛設計傢俱和家用品，Enzo Mari，Joe Colombo，Le Corbusier等等大師名字，都不是陌生遙不可及。

更為人津津樂道的是，Marc Newson當年勾留日本，替位於東京南青山傢具店Idee的老闆Teruo Kurosaki設計生產一系列自家傢具產品的時候，被引見認識了已經如日中天，家傳戶曉的法國設計怪傑Philippe Starck。Starck識英雄重英雄，十分樂意提攜有真材實料的後輩，也就把Marc馬上推薦給意大利燈飾廠商Flos，叫他從此搭上了國際直通線。Starck也在自己為紐約Paramount酒店的設計案子裡，用上了造型和物料都叫人眼前一亮的Marc的早期設計Lockheed Lounge，此一曝光非同小可，Marc一夜間成為國際設計傳播追逐採訪的對象，這張全鋁片手工釘嵌的躺椅，也馬上出現在瑪當娜當年大碟主打曲Rain的錄影帶中。

傳媒的追捧力量不容忽視，但Marc也十分警覺並且介意，不希望別人只當他是一個潮流型的逐浪寵兒。他在一眾一線產品傢具設計師中的確是長得特別帥特別陽光特別年青，這沒辦法，也只能當成是上天恩賜，但幸好也沒有人懷疑他的創意他的勤奮他的努力：從童年時代為Ken Adam給007電影設計的未來科幻佈景，和寇比力克的Dr. Strangelove電影場面著迷開始，以至他在大學時代選擇了雕塑和首飾設計科目，到畢業後在自家小工場用泡沫塑料和鋁片製作深受滑浪文化影響的傢具造型，一方面有跡可尋另方面也叫人驚訝他的天馬行空。如此下來十數年，在我們消費一眾面前出現的是一種獨特新奇的Marc Newson產品造型，各種

→

不同的大膽的物料應用，厲害的帶領流行顏色組合，從價值四千萬美元的一架私人飛機到十美元左右的一個掛衣架，Marc的設計裡有躺椅有衣櫃有地燈檯燈有沙發，有鹽瓶胡椒瓶有手錶有杯盆碗碟，連晾乾碗碟的架子隱在大門的門擋自行發光的數字門牌都有，近年更刁鑽更放肆的為福特車廠設計了叫人心癢的概念小車（哪天他生產那天我就決定再考車牌！），為荷蘭單車品牌Biomega設計的車身不需焊接的鋁架單車，還有那一時無兩高貴得高高飛在天上的Dassault Falcon 900B私人飛機室內裝潢，螢光青綠的機艙主牆，銀灰迴紋地毯，亮黑漆料摺疊桌面，銀框黑皮超大沙發，再加上OP-Art迷幻圓點圖案的機身裝飾，也真是紅得發紫如他才會有此難得奢侈的機會。在一眾顯赫設計廠商如Flos，B&B Italia，Iittala，Magis，Cappellini，Alessi的簇擁下，Marc還是精力旺盛，經常為大家帶來意外驚喜。實在不曉得那兩個青春小男生有否打算修讀設計開始創作，身為電腦新一代的小朋友大抵不知道Marc還是在拍紙筆記簿上畫設計草圖，也決定永遠不會也不必用電腦來做設計構思，一筆一劃在紙上塗塗畫畫的未完成不完美感覺，叫他安心踏實叫他依舊興緻勃勃。

當被問及為什麼他要設計，要製作生產一件又一件的生活產品，他摸摸頭然後說，他常常很失望的走在街上，因為怎樣也買不到自己喜歡的東西，所以他就設計自己也會願意買的東西，就是這樣。

當被問及他怎樣看一向被人稱作down under的澳洲本土的設計環境，他笑了笑：澳洲人天生懂得出走，從下而上左兜右轉，今天是今天，明天又是另一天。

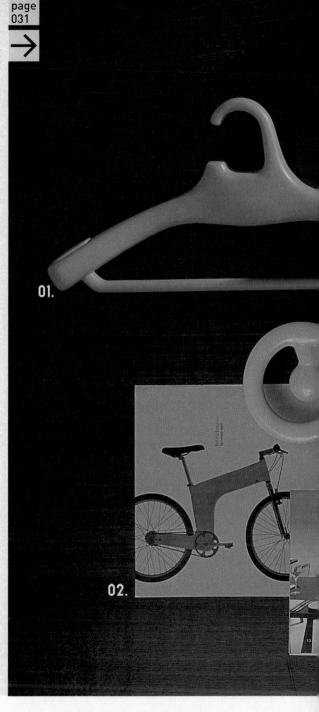

01.

02.

01. 97年替意大利傢俱品牌Magis設計的衣架，用了神話大力士Hercules的名字。

02. 98年替丹麥腳踏車生產商Biomega設計的MN02型號，用了不用焊合的fabricating Aluminium的先進生產技術。

03.

marc newson

04.

MN01 W
"Stavros"
design Marc Newson, 1999

MN01 1
"Stavros"
design Marc Newson, 1999

06.

SINGAPORE:
VIRTUAL CITY

ROMEO GIGLI:
ARCHITECT
OF CLOTH

HONG KONG:
THE GREAT
CHAIR RACE

05.

03. 1997年替意大利燈具名牌Flos設計的「重量級！」手電筒，2001年推出市面。

04. Marc Newson的迷哥迷姐朝拜早晚課必備的厚厚200頁歷年作品專集，特製塑膠盒精裝不得了。

05. 早於95年為倫敦餐廳Coast設計的室內裝璜和傢具組件，是當年Newson的一個大好曝光機緣。

06. 帥哥設計師始終佔上風，Marc Newson是一眾設計以至潮流時尚雜誌的封面寵兒，94年2月號英國Blueprint雜誌，巴黎街頭他雙手高舉桌身中空的鋁金屬成品Event Horizon Table。

07. 不得不珍惜時間：因為時間等於金錢。IKEPOD
這個高價手錶名牌是Newson跟瑞士友人Oliver Ike
的合作投資。

08. 廚房中當然少不了他的影子，流理台上放的是玩
具一樣的晾碗碟架dish doctor，97年Magis出品。

09. 99年為福特車廠設計的實驗小車021C，叫人馬
上成車迷車癡。

10. 從小迷上寇比力克的Dr. Strangelover電影場面，
Ken Adam為詹姆士龐德系列設計的科幻佈景更
是Newson的童夢場所。

延伸閱讀

Rawsthorn, Alice
Marc Newson
London · Booth-Clibborn Editions 1999

Ed. Fiell, Charlotte and Peter
Designing the 21st Century
Koln · Taschen 2001

Stanley Kubrick Collection,
Dr Strangelove
1999 Warner Home Video

www.marc-newson.com

www.ikepod.com

www.biomega.net

11. 不是水壺，是注滿水成為門擋的一個搞怪設計。

12. 有什麼比從外到內設計好一架飛機更酷更High？
　　Falcon 900B私人商務客機，Newson的一個會飛
　　的夢的實現。

忘掉忘不掉

不知怎的，逛起玩具店來了。

有意的避開當季的顯赫名聲的超越前衛的服裝和飾物，也對那些刁鑽極致的高檔家居陳設叫悶生厭，也許是一度太投入忘情，忽地驚覺浮華得腳不著地，連心也虛起來，我需要什麼？我不需要什麼？

然後經過玩具店，在這裡在那裡，常常是不怎麼起眼的，卻有磁鐵一樣吸引力的小店。是因為一頭小小的全身茸茸的黑黑的小豬，是一隻手工原木雕刻的熊，是又笨又重的鐵鑄小轎車，是一組幾個彩色塑膠球，用力擲地會彈跳得老高那種，還有還有，都是曾幾何時身邊的玩具，不知何時何故又從身邊走開了。如今靜靜的待在窗櫥裡，有意在等早已成人的老朋友。

藉口買點小禮物送給誰，然後這些玩具到目前都好好躺在我家的窗台邊。目的其實明確不過，希望憑藉輕輕提起的這一個布偶那一輛鐵車，重拾早已失去的童稚的好奇直覺和勇敢果斷，我對翻出一堆兒時舊照來懷舊一番沒有什麼熱衷，倒是願意天真的開始新鮮的又一天，縱使隱約知覺孩童的世界也可以很孤獨很殘酷。

這就完全可以解釋為什麼我和身邊一眾不怎麼願意長大的，對日本藝術家奈良美智Yoshitomo Nara的大眼小女孩，夢遊小男生，高腳狗和各式動物布偶會是那麼著迷，他大抵也就是我們這一代軟性一點的代言人。

剛剛在橫濱美術館結束第一階段巡迴的奈良美智

作品展，有一個暗暗搧情的標題：I Don't Mind, If You Forget Me。如果你要把我忘記，我不介意———又或者，我沒話說。

那是展覽的最後一天，晴朗無雲的一個秋日星期天。橫濱港口旁偌大的展覽場還是擠的滿滿的，來的大多是年青人，主題作品面前大家安安靜靜的抬頭望，上千個以奈良美智創作人物動物造型的布偶給塞在牆上做成英文字母狀的塑膠箱內，清楚讀過去就是展覽題目"I DON'T MIND, IF YOU FORGET ME"。大字下還有一列各式各種我們在某月某日丟掉了的舊玩具。然然展場的另一面有把YOUR CHILDHOOD你的童年反寫打印在牆上，靠一面大鏡讓觀眾在堆滿玩偶的鏡中同時看到自己。主題清晰不過，陪伴我們成長的，我們總是無情的隨便的摒棄，只是看到了一個什麼時候，我們一不留神把自己也給丟掉了。

沿路走開去有三對比真人還大的塑膠娃娃，穿著裙子站在跳水台板的邊邊上，伸舒開手將跳未跳，在興奮和危險之間。也有七個長著羊耳朵的雪白塑膠娃娃頭疊成十呎柱體，瞇成一線的眼裡流出清水眼淚，水汩汩的沿著臉龐流到下面盛水的一個特大咖啡杯中，題為Fountain of Life，生命之泉點滴都是眼淚。然後大堂一側有一間以木板臨時蓋搭的小屋，塗滿白漆的牆上一線貼滿了奈良手繪的原稿，全都是繪畫在廢紙和原稿紙正面背面的塗鴉，畫的主角都是他的長著邪邪大眼睛的永遠長不大的小女生，或乘著雲飛在天上，或半身浸在水裡，或揮著拳頭或提著一柄刀，或穿著猴子毛衣坐在馬桶上，還有是抱著心愛吉他卻不在唱歌……其中一張小紙片上有這麼一句話：我們已經沒有將來但我們還得創作！！這難道就是奈良美智日以繼夜環繞同一主題不停畫不停畫的原因？

1959年12月5出生的射手座，奈良今年43歲。他是那種4歲就得繪畫的天才小畫家，可真的是40年來從來沒有放低過畫筆，而且理所當然的考進頂尖的武野美術大學再留學德國的那一種精英。唯是在夠苦夠硬的傳統繪畫基本功熬過來之後，他選擇一步一步的走回童年，筆下出現的完全是幼稚天真的個人小宇宙。童畫一般的造型和色彩，看來純真輕逸的感覺，吸引了大批年輕的不是博物館和畫廊常客的觀眾。而且他們她們都看得懂，不把奈良的作品看成什麼高檔的艱深苦澀的，願意和創作者一道，在日常生活中尋找回憶痕跡，跟作品中小女孩小男生一道，經歷孤獨，離棄，迷途，無家可歸種種我們這一代的共同經驗。

和他的看來乖乖的形象很大衝突，奈良美智最迷的音樂是絕不甜美的punk，當中的無政府，反叛，毀壞慾，其實都悄悄的依附在他的畫面和人物造型中，他用德文，英文和日文塗寫在畫面上的片言斷句，也常常就是似有還無的沒辦法回答的問題："Do You Stay True To You?" "In Communication With Stars" "I think, therefore I am……, a dog"。

也就是這種輕輕軟軟，很能代表日本新生代的價值觀人生觀的藝術創作，叫奈良美智在這數年內竄紅為國際藝壇上炙手可熱的新星，迷倒大大小小觀眾。論者往往拿他的作品與漫畫經典男生Tin Tin，史努比狗對比，也認為他筆下小女生的面相其實和傳統日本能劇的面具和浮世繪的工筆仕女一脈相承。其實還是跟他私交甚篤的女作家吉本芭娜娜說得好，奈良美智的世界是絕對的冷靜平和，但他也是友儕中最有能力成為殺人凶手的一個。無論他明天就死去或者活個長命百歲，他都會孤獨的用最大能量的去活一次去畫著畫著，an artist is born and not made，當你遇上他就知道是碰上了real thing。

一直翻著他的展覽場刊，忽然在封底內頁看到印著這麼小小幾行：在展覽題目I don't mind, if you forget me之後，還有because you never forget me. I never forget you……其實無論忘掉還是忘不掉，忘掉的是自己忘不掉的也是自己，這是一個願意在玩具世界裡永不長大永遠不能長大的自己。然後又給我發覺負責印製場刊的出版社叫淡交社，這也大抵不是個巧合吧。

01.

02.

03.

01. 奈良美智親口對我說不喜歡自己的作品成為流行小玩意。所以面前這個娃娃頭小襟章說不定可一不可再。

02. 奈良的女友女作家吉本芭娜娜說過：友儕當中他最有能力成為殺人凶手……

03. 娃娃看天下；季諾的瑪法達，奈良美智的大眼大頭邪女孩……

04. 搖籃曲超市Lullaby Supermarket，迄今最完整齊備的奈良美智作品全集。

05. 一隻好奇的小猴子大名佐治，穿著睡衣守在我的床前。

06. 巴黎目黑區服裝小舖買來的碎布拼縫成的布熊，笨笨蠢蠢一見鍾情皆因如照鏡見自己。

07. 美國出版的搞怪亞洲流行文化雜誌《Giant Robot，》封面自然少不了奈良的怪娃娃。

08. 當年現場買來的展覽場刊，終於得到畫家本人的
親筆簽畫，過足小畫迷的癮。

09. 女孩題材永遠在潮流中心，2002年9月改版後的
日本雜誌《流行通信》馬上來他幾十頁Girls特集。

10. 一頭亂髮的手工布娃娃，手繪的眼、鼻和嘴，是
一對德日夫婦的小型工作坊Nanchen的創作。

11. 國際設計家連網《Idn》，也找來奈良的憤怒女娃作
封面主角，更把畫家請到香港出席02年9月的My
Favourite Conference。

12.

13.

延伸閱讀

Yoshitomo Nara, 奈良美智
Lullaby Supermarket
Nurnberg,
Institut fur moderne kunst Nurnberg・2001

Yoshitomo Nara, 奈良美智
I don't mind, if you Forget me
Kyoto，淡交社，2001

Takano, aya・高野綾
Hot Banana Fudge
Hiropon factory・2000・Japan

12. 眾布熊中有這一隻穿一身藍地白花布裙的女生，
    當年在阿姆斯特丹跟她遇上了就再沒有分開。

13. 牛奶糖果milky的小女生，一年到晚吐舌頭，肯定
    是奈良娃娃的表姐妹。

一減再減

他是Maarten Van Severen，記不住他的名字的話，就把他忘掉算了。

反正這位來自比利時的老兄真的不在乎，他這麼努力的去完成這麼簡單的東西，這麼平凡的在你我身邊有一千幾百件，他願意你也把他只當作一個平凡普通的人，就像什麼也沒有發生過一樣，這也就很好了。

還是要繼續用餘下篇幅花一點我的精力用一點你的時間，放不走這個未懂得怎樣正確發音的名字，只因為他實實在在的厲害，當今時世，稀有罕見。

他是有一點魔法還是什麼的，叫我著了迷也完全說不出為什麼——其實是某一種一見鍾情，已經迷迷糊糊又怎麼說得清楚。赤裸裸，如此就在眼前，桌是桌，有四隻腳加一塊平面，椅是椅，四條腿加一個座位，書架是個懸空的框，沙發其實是張床，躺椅自己躺下了，一折再折，誘惑你也躺進去，物我兩忘。

Maarten老兄最怕人家把他喚作設計師，Designer這個標籤誤人子弟壞了好事。稍稍聰明和敏感的，都樂於同時有N個身份，而且手中每樁每件都井然有序按自己的想法自己的步調完成。面前的勤奮中年同時是個建築師／設計家／藝術家／兒子／父親，反正自己也得好好的生活，總得要找一把坐得舒服的椅子睡一鋪清潔的床，四出搜羅尋找不獲，就索性替自己做出一整套各式各樣的傢具，也想不到馬上迷倒了同道的一眾，而且眾口相傳，一時成為小圈子當紅偶像。

Maarten最最擅長的，就是減法，而且一減再減不亦樂乎，他的椅他的桌，彷彿自遠古以來就存在，只是他動了點手腳，保證沒有任何多餘的細節雕飾，乾淨利落到了極限———有好事的自然就搬來簡約美名冠在他老兄頭上，他對此有點反感，敬告大家他其實一點也不簡約，倒不如稱他為Maximalist多多益善，因為他自覺付出了大量的精神時間終極追求所要的效果，途中所要為自己添加的能量來自大量的閱讀，廣泛的討論，吸收消化然後實踐失敗再實踐。這分明是一種加法，然而越加為的是越減，這種苦心經營跟本來就單薄得減無可減的狀態就有根本的區別。

也是因為曾經擁有，所以舞弄起減法的利劍就格外瀟灑。這跟年近歲晚要把衣櫃裡的多年東買西買其實從未穿過用過的東西一併暴露於人前送給慈善機關倒有點像。學懂如何在這個紛亂煩雜的大環境中堅持行使減法，放得下那似是而非象徵權力金錢和慾念的包袱，實在不是一件說得那麼簡單容易的事。

Maarten的老父，同樣是藝術家的Dan Van Severen曾經對兒子說過：藝術從虛空中來，渴求的是那種難以捉摸的狀態———這未免說得有點太玄太需要反覆解釋了。作為兒子的倒是實實際際的在生活，一種有選擇的精緻的生活。當然他也挑剔的繼承了老父那種「虛空」的精萃，那種淨化了昇華了的藝術／生活境界，叫人嚮往令人心動，叫我一見鍾情的大抵也就是

這種氛圍。

成名走紅前的好長一段日子，Maarten的傢具工作室是用這樣的一種方式運作：手工做了一張僅此一張的桌子，人家走過很喜歡把它買走了，就重新再做一張，先的這張和後的這張像是孿生，也實在不一樣———有的時候完全換了物料，從木頭變成全鋁，有的時候是比例的伸縮，反正就是怪怪的長長窄窄的叫人過目不忘，椅子如是書架衣櫃如是。直至後來實在太多注目招引來歐洲幾大傢具廠商的羅致，諸如Vitra，Edra，Bulo等等品牌，現時都有生產Maarten的簽名作，而且極少出現在傢具大展攤位中為作品宣傳推廣的他，忽然成了一眾媒體爭相採訪的神秘設計偶像。

從來克制矢志奉行減法的他，沒有因為日漸走紅而放棄原則宗旨，97年替Edra設計的一張以乳膠泡沫纖維作主要物料的沙發床，就是一張簡潔得驚人的作品，一張長方的厚墊上面有一方長條作靠背，就此而已，這樣的出場本身就是一種反叛行為，挑戰別的沙發床鋪的存在———即使你在十分欣賞之餘也並未打算付一個不菲的價錢去把它買下，沒關係，它已經在你的面前憑其質量，精神的智慧的宣言式的出現，以抵抗日漸性格模糊，不知所謂的設計商品大勢。正如何懷碩先生早在八五年就在題為「減法」的一文中有先見之明的指出，現今「庸俗化的社會，就是數量擊敗質量，物質戰勝精神，感官泯沒心智，權勢壓制公理並囚禁智慧，實利蒙蔽正義而腐蝕了

官廟與人心」，如此社會，就更需要如Maarten一類創作人生產者，以實際行動以「減」挑戰「加」，不以「貪多好大，妄求無魇，造成一切繁縟與壅塞，成為我們生活現實中的癥結。」

一減再減，反樸歸真，我們的老祖宗其實早已（在我們的行動電話和電郵中？）留言：老子所言的「大音希聲」「大象無形」「大巧若拙」「五色令人目盲，五音令人耳聾，五味令人口爽」，莊子所說的「天地有大美而不言」，「樸素而天下莫能與之爭美」「淡然無極而眾美從之」，都是一種減法的思考。我們日日夜夜的不停的生產消費買賣，耗盡力氣的一舉一動，是無聊的吹縐一池春水，還是不自覺的搞壞了一鍋粥？加料為了競爭為了求存，問題是加的又是什麼料？

坊間熱衷於排毒減肥瘦身的一眾，按道理應該懂得欣賞Maarten Van Severen的傢具作品的輕巧流麗的美，說來也是，那天碰到的Maarten，紅光滿臉精神爽利，人到中年腰腹沒有常見的輪胎，恐怕某某纖體健美中心也正在打他的主意。

01. 2001年3月號英國《Blueprint》雜誌上Van Severen
　　難得露面，背後是他93年設計的彩板滑門貯物櫃。

02. 大師杜象的Ready-mades系列，1917年老古董於
　　1964年成為前衛藝術。

03. 1994年的創作，矮身鋁櫃有一種潔淨坦蕩的性感。

04. 三十歲生日當天收到的第一份心愛禮物Thomas Ericksson的白色十架藥盒，一直空空的放著，無病無痛。

05. 可躺可坐，沙發和床本就無界線，97年為意大利品牌Edra設計，藍白兩款，塗漆乳膠材料。

06. 最講比例最有分寸，難怪一眾身邊好友都愛尺如命。廚具品牌Bodum的精采鋁尺，Van Severen可有一把？

07. 三加三等於六，鋁腳可拆下自行安裝的六腳辦公桌是Van Severen97年替比利時Bulo辦公傢俱廠設計的，一貫的簡單利落。

08. 老祖宗早已明確指引，一減再減是軟智慧硬道理！

09. 香港陶藝家羅士廉的作品，可以是樂器可以是時計可以由你想像。

10. 桌是桌，椅是椅，書櫃方方七格，躺椅有如扭曲定型的寬麵條，越是簡單越見真工夫。

延伸閱讀

Bekaert, Geert · Maarten Van Severen
Ghent-Amsterdam
Ludion, 2000

Vittorio E. Savi & Josep M. Montaner
Less is More
Barcelona, Collegi d'Arquitectes de
Catalunya, 1996

Ed. Antonelli, Paola · Workspheres:
Design and Contemporary work styles
New York, MOMA, 2002

老子原著；黃明堅解讀
《老子》
台北縣新店市，立緒文化，2002

莊子原著；黃明堅解讀
《莊子》
台北縣新店市，立緒文化，2002

11. 編號 03的鋁腳鋼身單椅，98年為Vitra傢俱廠的
　　設計，紅綠黑藍四色方便疊放。

12. 就單單因為書名而立刻買下的價值港幣三百七十
　　九元正有九折的Less is More。96年巴塞隆納簡
　　約主義建築展的精裝場刊。

如何生活是好？

時為1999年9月，書報攤上新鮮熱辣的Martha Stewart Living特刊出現了老闆瑪莎本人，一頭金褐色短髮鬆鬆的，一襲低胸銀白釘珠片蕾絲古董吊帶晚禮服，披一條如蟬翼薄的縷花黑披肩，一串價值不菲的珍珠項鏈很亮眼，經典的露齒笑容向一眾讀者（據說她的雜誌現時每月刊行二百四十萬份！）舉起古董水晶香檳杯，提早賀千禧——當然這一切早有準備機不可失，過年過節沒有了瑪莎指點怎麼辦？何況是千年難得一次機會。

特刊逐頁翻，一堆名牌時裝香水香檳傢具嬰兒用品化妝品音響巧克力公益廣告廚具當中，瑪莎以女主人身份引領大家如何為自己為親朋戚友買賀年禮物，如何做應節小賀卡小燈籠還有用口吹會發聲小紙捲，如何做款客的雞尾酒（粉紅葡萄柚汁加石榴酒，蘋果西打加薑加玉桂粉，有香料的熱牛奶諸如此類），如何清理派對中不慎打翻的酒水，如何處理喝剩了的香檳，如何做蠻有紀念性的時間表，重頭戲是如何做一本讓你的賓客留名留言的紀念名冊（手寫的即影即有的剪貼的各適其式），突然有一輯五大頁教你如何看掌相問前程，接著是用一切海裡的美味做三層高冷凍海鮮盤，外景部份是女主人帶領一眾好友到緬因州岸邊看日出，順道穿同一款式（男的粉藍女的粉紅）的睡袍吃一個豐富得驚人的早餐，有現烤蘋果薄餅，燕麥糊，藍莓小蛋糕，香檳浸的葡萄柚和柳丁切片，咖啡或者茶，不要忘了一切餐具當然都有瑪莎出品的標誌，餐巾也繡著MS兩個大字……沒完沒了的還有各式應節食譜，從高檔次的魚子醬鵝肝醬煙鮭魚陳年老酒到最家庭最鄉村的傳統菜式，餐桌的擺設碗碟顏色與鮮花的配合，有條不紊絕無錯漏，作為讀者的你可以安心，有

樣學樣參考參考，大節當前不會在鄉里坊眾面前出醜。

走進我的亂七八糟的貯物間，攀上鋁梯架一看櫃頂的雜誌叢，赫然驚覺自己原來也是瑪莎的多年小讀者，最早的一期是95年1月號總第15期。斷斷續續的瑪莎和一眾手下教我怎樣過一個傳統的美式的聖誕節，復活節，萬聖節，情人節，感恩節，其實遠在此岸的我實際過的是中秋節，端午節和春節。瑪莎也教我怎樣在East Hampton的鄉間渡過一個印度風的初夏，怎樣在深秋老林中觀賞各種山毛櫸樹的多變的樹葉顏色，至於橘子家族一共有多少弟兄姊妹和如何食用？七種顏色玫瑰花怎樣插在一起插得好看？一鋪床該怎樣理得整潔？一切一切好像有關生活的，瑪莎都有獨門方法，細心看清楚，其實也不是什麼創新的突出的厲害，但就是看來不討厭，靜物照片乾淨利落的，食物照片足夠引起食慾，尤其當你早已預知生活無甚驚喜，一旦翻開這些沒有血腥沒有暴力的舒舒服服的版面，也就樂於跟隨這個萬能導師發發這些有品味的白日夢。

當然瑪莎本人絕對不是做夢，根據2001年11月號《名利場》（Vanity Fair）雜誌專訪報導，她一天睡那麼四五個小時，但她比誰都清醒———

作為全美白手興家的最富有女人第二名，她的上市公司 MSO (Martha Stewart Living Omnimedia) 有500名員工，有一億二千七百萬美元現金，沒有負債，千禧年純利四千萬美元，她自家的純資產估計有七億，去年年薪連花紅有二千七百萬。在她佔股權百分九十六的公司MSO旗下，有主打雜誌《Martha Stewart Living》及《Martha Stewart Weddings》，亦有不定期特刊專為嬰兒和幼童，合共讀者群過千萬人。兩個電視節目，其一與雜誌同名，在CBS電視台一個星期六天，每天一百六十萬觀眾。二百三十三份報紙連載她的兩個家事專欄，二百二十七間電台播送她的錄音節目，互聯網站marthastewart.com有一百七十萬登記用戶，每個月上網點次過百萬，網上及郵購服務有三千多項家用雜貨可供選擇，還有賣花和賣賀卡的專題網站，兩個系列的家用油漆，為大型超市Kmart提供約5000項現售貨品，總銷量長據首位……如此大宗的營生，全因生活之名。

一口氣翻閱面前二三十本厚厚薄薄的《Martha Stewart Living》，忽然覺得自己其實在翻著通書黃曆，小寒大寒立春雨水驚蟄，春分芒種大暑白露，嫁娶遷徙祝壽喪葬，圖文並茂鉅細無遺。為了向讀者觀眾聽眾網友展示瑪莎都懂，夜半四時半起床，五時後開始覆電郵，六時開始晨運行山三公里，每天早上從七時半開始，女主人的一舉一動，都幾乎被攝被錄，身邊永遠團團圍住的是秘書化妝師服裝統籌美術指導佈景道具廚師園丁，還有進進出出的產品設計師室內設計師建築師。她的位於康涅狄格州的大本營Turkey Hill是廿四小時全天候內外景場地，幾乎每個角落都

出現過在她的三十四本著作和過百本期刊中，緬因州Mount Desert島的七十五年歷史豪宅Skylands佔地六十一英畝，五十個房間二十三個睡房一個壁球場一間教堂也自然成為更高貴的片場。

近日最為人談論的是，是瑪莎在紐約曼克頓下城區赫遊河畔的MSO總部，十五萬英呎的辦公室／貨倉／物流中心由舊工廠翻新重修，瑪莎指定建築師要建構一個像大師萊特混合未來主義電影Brazil的工業用教堂的風格，白牆灰水泥地大量通透玻璃間格，瑪莎要什麼有什麼，全體員工也因此坐著Eames的經典鋁架系列辦公椅，而且是白漆皮版本。

如果你還抱怨生活迫人，請看看瑪莎女士就是這樣迫著自己去生活，而且迫出幾億身家。有學者批評瑪莎無內涵太表面，製造一種幻象（理想？）生活，說得也對也不幸言中，其實大多數民眾的典型美國夢，也就是如此而已。

德高望重的前輩級家事廚藝專家Julia Child有回被記者問及她對瑪莎的意見，Julia客客氣氣的恭維了一下，然後指出瑪莎的不足在於她常常把大小家務常識都當作是自己的發明創造，言下之意是她謙遜不足野心太大———來自波蘭移民家庭的瑪莎，十二年前在經歷了一次頗為高調的婚變之後變得更發奮更獨立，更專注於杯盤碗碟廚藝插花，更懂得經營自己———這也是有血有肉的生活，如何是好，不必擔心，她會教你。

01. 老闆親自出馬教你做蛋糕，還教你如何對著鏡頭笑得真摯。

02. 出得廳堂入得廚房，全方位做一個完整的女人。

03. 年屆六十的瑪莎，穿一身Jil Sander和Michael Kors，
腳踏Sergio Ross高跟鞋，和他的chow chow愛犬
在她的紐約曼克頓下城區赫遜河畔新近裝璜好的
集團總部——曬太陽。

04. 難得有心人，有心狠狠的生活，而且活出生意一
盤。

05. 適當的高貴，適當的異地風情，瑪莎永遠有適當
得有點樣版的品味。

06. 訂閱一個中產的美國夢，還有折扣。

07. 不小心打破了碗碗碟碟，瑪莎自有補救辦法。

08. 反推銷，介紹瑪莎這罐大陸國產午餐肉。

09. 當然還少不了颱風天必備的豆鼓鯪魚。

10. 永遠美好的封面，永遠有希望的生活。

11.

12.

延伸閱讀

Martha Stewart Living

Martha Stewart Wedding

www.marthastewart.com

11. 因生活之名，怎能不出產自家品牌的油漆。

12. 紐約下城區赫遜河畔15萬呎MSO總部，儼如全
天候禮拜生活教堂。

調羹的啟示

開始的時候是三隻綠色的玻璃瓶。

高矮肥瘦，各自各，又明顯的是一家人，都在哪裡碰過面？是喝了一整晚的酒喝出來的一堆當中的三個？又有一點像老式藥房裡的笨重的厚厚的深褐色玻璃瓶的表兄弟，彷彿從來都在那裡，就等你有一天把他們看上一眼，然後撿回家。走近一點看，其實瓶口倒不像一般酒瓶，都格外的扁平橫向，是小小細節變化的所在。在想這三個瓶子的實際功能之前，不知不覺已經愛上了。

怎麼把這三個瓶子買來帶回家呢？在米蘭，在倫敦甚至在紐約都掙扎過。考慮到自己已經一行李的書和雜誌，重得不像話，恐怕無法抽身特意照顧這三個寶貝，也就一次一次又一次的推辭這個擁有的決定。甚至到了一個其實不是我的也已經是我的，是不是我的都沒有所謂的境地，在腦海中比在桌子上、在櫃子裡更來得實在——我想設計這三個瓶子的Jasper Morrison會同意、會明白。

如果你把他看成又一個在英國倫敦皇家藝術學院畢業的高材生，一個開始紅透設計界的國際級設計師，只把他的名字跟義大利、德國和法國顯赫名牌如Cappellini，Alessi，Vitra，Magis等等扣上關係，你大概只在事實的表面上滑行，對，他面前的機會多的是，一眾有資本有條件的設計生產大戶都想把他納為主將。但他聰明，他保持自由身，更從一開始就堅持在邊緣地帶積極行走，從八三年的第一張矮凳，到大大小小的小几小桌，棉織地氈，夾板單椅，鋁質門把，塑料膠條躺椅，大型沙發組合，戶外餵小鳥的

穀物盆，層疊貯酒架，有軌電車車廂，主題餐廳傢具裝置統籌……你看得見拿得起，躺進去窩起身，你不會特別覺得這是什麼誇張厲害的設計，你還是覺得這都是早就熟悉的老朋友，老朋友是可以一起脫得光光泡溫泉的，自然舒服，這就是身體，這就是身體要的感覺，精神要的享受。

看得出日常的平凡偉大，抓準了這一點就是Jasper Morrison以一個低調姿態，卻又突圍而出、遙遙領先的原因。

有一回坐進他的一個波浪形大沙發賴死不走，鮮紅的椅墊弧成一個起伏，究竟坐在高處舒服還是坐在低處稱心？又或者索性躺進去與波浪一起浮沉？刺激起你的想像，都由你自行選擇。相近的版本有一個寶綠色的Day Bed躺椅，兩側高高的手柄成靠背，有點像放大了的皇帝寶座潔淨版，明白的告訴你要睡就隨時可以睡，你才是你自己的主人。

千禧年的德國漢諾威世界博覽，展場裡走它三天三夜眼花撩亂兼累得一塌糊塗，幸好有大會專用電車穿梭各主要場地，車廂內外設計也正是由Jasper一手包辦。九七年接手的一個案子，前後二年時間與車廠的七十個工程師商量討論，琢磨出一個迄今他經歷過的最複雜也最具挑戰的作品，更重要的是從中他學到很多，自覺並要求自己在生活中好好學習天天向上，總是一件興奮的好事。說實在每回上車在擠得滿滿的人群中，一心只想緊握那舒服的扶手，

如果幸運的有位子坐下，在那個珊瑚紅色的塑料座椅軟墊上，那麼兩三分鐘車程也睡著好幾趟。

常常在媒體曝光，長得酷酷怪怪的一張露天的椅子叫Thinking Man's Chair，思想者看來是不應該坐得舒服的，所以椅座和椅背都是條紋間隔，而且都是弧起來的扶手還有點花俏。我有點不好意思的跟他說，他也看來很不好意思的回答，早年（八六年）的一個作業，那個時候還是比較在意「好看」，如果現在再來一趟——嘿，現在就是現在，其實沒有什麼再來的，將來，也是將來的事。

經常都是這樣，在跟一向心儀敬重的人碰面之前，都緊張兮兮的做一大堆功課，把人家的出生年月日，畢業成績就業經歷，作品系列都狠狠牢記。然後每一趟一坐下一開始談話，就忘掉了大半正經事，聊到學生時代的糗事，平日愛到哪裡玩愛吃什麼，卻是有板有眼鉅細無遺的。Morrison談到皇家藝術學院的幾年碩士課程，有目的的無所事事，是他的poetic period詩意時期。

他愛閒蕩，愛在街上尋找平常細物，而種種大眾實用的「匿名」設計其實也就是他十多年發表的設計作品的原型。這也就是為什麼他的設計一直都以較合理價格出現，易受一般民眾歡迎，從質材到造型到結構到顏色都有一種回到基本的庶民精神，這就不是大家口裡吵吵嚷嚷的簡約，

就是多了那麼一種生活的實在質感。

忘了帶一本書給他簽名，那是他九七年在
比利時出的一本薄薄的印刷精美的黑白照
片集，拍的都是他收藏的調羹。書就叫做
A Book of Spoons，每頁單版就印一隻來
自世界各地的簡單直接的或古老或年輕的
日常應用的調羹，金屬的，木質的，角度
的長短大小不一，最功能也有最屬害的線
條美、造型力、輕重感，都是Jasper向來
追求的設計境界。為什麼不是刀不是叉？
全因調羹沒有攻擊心、殺傷力，取，予，
施，受，叫調羹成為調羹。

01. Jasper近年的得意作品，輕巧得可以的Air Chair
有六個顏色選擇，意大利廠商Maggis 99年出品。

02. 88年出道不久時為柏林DAAD畫廊一個展覽特別
創作的夾板單椅。低成本低技術，平面切割組合
成立體，早成經典的這張椅子現由瑞士Vitra出品。

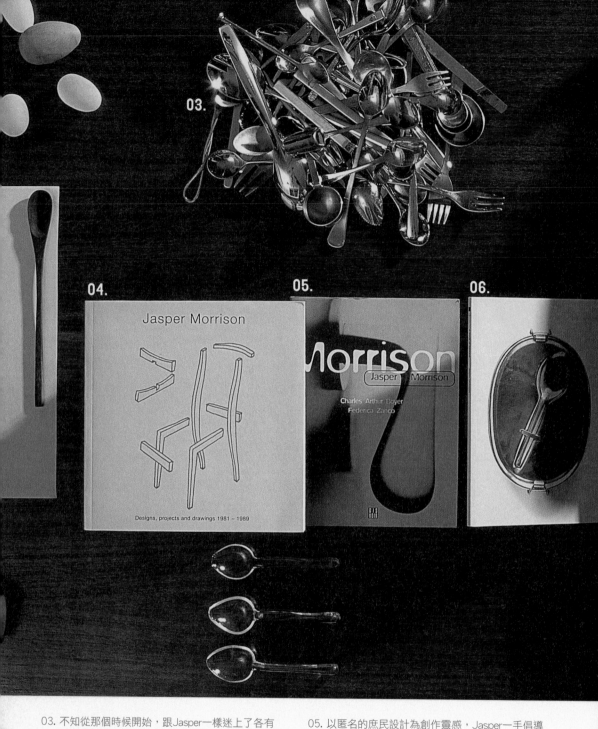

03. 不知從那個時候開始，跟Jasper一樣迷上了各有
性格的調羹。

04. 大師少年時作品初結集。

05. 以匿名的庶民設計為創作靈感，Jasper一手倡導
平易親切之設計風氣。

06. Jasper親自編撰的調羹大典，限量印製有幸遇上。

Orly - Jasper Morrison - 1998

07.

08.

09.

10.

07. 如何戀上這三個高矮肥瘦各異的綠色玻璃瓶？
　　愛，何需藉口！

08. 喚作Gamma的一張乾淨利落的長餐桌，Cappellini
　　的出品。

09. 98年為意大利品牌Cappellini設計的Orly沙發系列。

10. 不同尺碼原木桌面配上不同高矮和款式的鋁座，
　　Atlas系列是流行熱賣的一個項目。

11.

12.

延伸閱讀

Morrison, Jasper
A Book of Spoon
Uitgevers: Imschoot, 1997

Boyer, Charles-Arther • Zanco, Federica
Jasper Morrison
Paris: Editions Dis Voir, 1999

Dormer, Peter
Jasper Morrison
London: ADT Press, 1990

ellini

11. 老實説來真的坐得不怎麼舒服的一張露天單椅
　 Thinking Man's Chair，要思想，就頭痛。

12. 近年叫好又叫座（又好坐）的單椅喚作Hi-Pad，
　 還有Low-Pad躺椅版本。

男孩不哭

很想知道，2002年1月22日，巴黎龐比度中心 Yves Saint Laurant的告別時裝展示會的演出天橋後台，當聖羅蘭先生在長達15分鐘的電動掌聲之中，深深的向天橋下再也控制不住情緒的擁戴者作最後一次謝幕鞠躬然後徐徐離開聚光燈退入後台之際，Hedi Slimane有沒有哭？

Hedi Slimane，海迪史利曼，國際時裝界備受注目重視的厲害新寵。打從97年開始，他成為聖羅蘭的助理，繼而就任YSL男裝的藝術指導，於千禧年間發表第一季以 'Black Tie' 為題材的驚為天人的系列，又馬上因Gucci集團的收購而離職，轉投對手LVMH集團旗下另一顯赫牌子，DIOR的男裝新品牌DIOR HOMME。他的去留決定是從來八卦的時裝媒體圈中的熱門話題，大家也樂於把他與早已風頭甚勁的GUCCI及YSL的創作總監Tom Ford來作較量，更何況兩人都一次再次的公開對前輩大師聖羅蘭的崇拜和感激，兩人的設計系列中也時常出現大師的神緒影響，更加火上加油的，是聖羅蘭本人親臨Hedi的發表會而缺席Tom Ford的天橋秀，流言更是滿天亂飛。

管他財團火拼你死我活，設計師明爭暗鬥注定作為觀眾的我們樂得乖乖的看得高興，瘋起來還可以走進專門店內試一試DIOR HOMME那窄窄長長的西褲及襯衫，外衣恐怕是尺碼太小穿不下了，隨手再看一看價錢牌，噢———

看有看的愉悅，穿有穿的快感，我是由衷的喜歡Hedi這兩季所展示的新浪漫主義Neo-Romantisme男裝風格。首季以 'solitaire孤獨' 為題，第二季靈感來自韓波詩緒和八十年代流行曲 'boys don't cry 男孩不哭"。一眾十七、八歲小男生，穿的都是黑、白、大紅三個主要純色，內內外外線條都是窄長貼身的，剪裁又明顯的有和風的無袖和粗粗腰帶，好些褲頭跌得超低，欲墜欲現，禮服白襯衫超長袖外露，窄長黑領帶還有穗帶飛揚，忽地襯衫袋口有一燦爛如花的釘珠血跡或者墨跡，當一眾男生從血紅醒目的天橋盡頭背景向你走來，絕不留滯擺樣的快步來回出入，你感受到的是Hedi本人乾淨利落的果斷性格，我行我素的詩意堅持，一如他當年頭也不回的離開被Tom Ford佔據的YSL。

幾年下來在媒體頻頻曝光的Hedi，本人也一如他所愛用的模特小男生，高挑瘦削，常常就穿一件白T恤一條牛仔褲，披一件女裝的Chanel的黑外套就跟來訪者對談，大眼水靈靈，帶著孩童的慧黠純真，言談又是沉靜典雅，一位跟他面談過的媒體好友跟我說，他活脫脫就是中性人版，舒服自然的顛覆著大家心中既定的性別規限。

當一眾潮流中人諸如瑪當娜也堅持穿他的男裝系列出席音樂頒獎禮，可見男裝女裝的樊隔已經崩潰得差不多，其實前輩聖羅蘭早就有為人稱道的Le Smoking黑色禮服系列，也就是男裝女穿的開山先例，如今承傳演化，無論穿在男生還是女生身上，都明顯的要求穿著者有一種獨特過人的倔強性格，因為很清楚認識自己，才會把衣服絕無顧忌的穿得對穿得好。

忽地成為傳奇的Hedi Slimane，出生於巴黎，父親是突尼斯阿拉伯人，母親是意大利人。大學時代唸的不是時裝設計，只是從形象設計和時裝公關起步，然而他的天賦一朝被聖羅蘭的長期事業和生活伙伴Peirre Berge發現之後，他就絕快的走上軌道。叫我等時裝旁觀者欣賞的，是他在這個驚濤駭浪你死我活的時裝名利場中，一鳴驚人的同時卻依然謙虛的尊重前輩，幸運的成為聖羅蘭最後一個入室弟子，他看來最清楚聖羅蘭本人開創個人品牌王國四十年來的奮鬥，顛覆，掙扎以及恐懼，也了解到所謂潮流時尚本身的局限，正如Coco Chanel名言，能夠超越時尚才是時裝設計師的終極目標。當年聖羅蘭被Christian Dior指定為繼任人，年方廿一歲，及後更創辦自己的YSL品牌，以中性及超女性風格的服裝概念影響一眾的日常穿著態度，當年挑戰禁忌的種種突破，今日看來早成時尚歷史佳話，聰明的Hedi也應當踏著前輩大師的足跡，在不同的時代環境中，走出有時代意義的一步，任重道遠其實也就是首先向自己負責，這個資深的創作人應該最明白。

入主DIOR男裝，Hedi有自己完整的創作班底組合，也親自參與辦公室的設計裝置。一向對建築設計有強烈興趣的他，奉行的是極端的簡約：素白辦公桌，二百個喇叭組成的天花板，抬頭一列十多盞方盒形吊燈，利落乾淨一如他的服裝系列，而這種利落偏又在能夠容納多元豐盛的巴黎裡更顯得突出，這也就是Hedi一直強調的，他主管的DIOR男子系列將會是極度巴黎的

→

一種風格。

在聖羅蘭的告別服裝發表會中，Hedi沒有出席在觀眾席，他只是悄悄的提著照相機，在後台拍下觸動他也觸動每一個聖羅蘭擁戴者的最後光影氛圍：設計師專用的小房間外的布帳，身穿男款禮服列隊出場的女名模，恍惚的天花霓虹，貼滿一牆的出場程序資料，還有聖羅蘭的伴侶Pierre手掀帷幕，等愛人在觀眾面前鞠完最後一躬回到自己身邊。Hedi用心拍下這些歷史一刻的黑白照，有沒有哭我們不知道，唯是音樂再起燈光再亮，面前天橋漫漫不歸長路，屬害如他絕不會一邊走一邊哭。

01. Hedi最愛的高挑瘦削的小男生，每季出場都叫人驚艷。

02. Hedi本人是穿著自家設計的最佳模特。

03. 一張俏臉和那一抹披臉碎髮，又乖又壞，風格化到極點。

04. 小小一口別針，迷住要迷的人。

05. 粗幼不一的黑緞帶，魔鬼就在細節裡。

06. Hedi的巴黎設計工作室，一如他的創作，黑白主導簡約利落。

07. 為了穿得下窄窄的白襯衫，瘋狂節食有原因。

08. 殺人於無形，Hedi最懂箇中真諦。

09. 殊不簡單的一件黑T恤，薄紗薄棉當中還有銀項鏈。

10. 美得驚心動魄，無話可説。

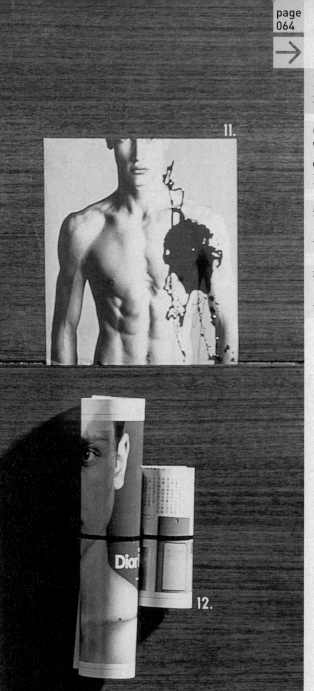

延伸閱讀

Craik, Jennifer
**The Face of Fashion,
cultural study in Fashion**
London, Routledge, 1994

張小虹
《絕對衣性戀》
台北，時報出版，2001

楊澤（編）
《作家的衣櫃》
台北，時報出版，2001

11. 血跡燦爛如花，刻意安排的絕妙意外。

12. Dior新世紀男人香，果香草香木香層層漸進，取
　　名Higher。

叫我雜種

飛他那麼亂七八糟的十二三個小時，落地，還算是一個值得有一點自豪驕傲的香港國際機場，光亮明淨，輕巧開闊，作為整個空間裡小小一個人，滑過溜過，幾乎會飛。

海關櫃台，香港永久性居民那一片燈牌在亮著。常常跟身邊人打趣笑說那一個「性」字，有點悶的為性而性。也常常會想，櫃台裡的值班人員一天到晚要面對那些半睡半醒的永久性居民實在會很無聊，而且更要慣性的問：你從哪裡回來？———

可是今天我面前的海關叔叔微微抬頭似笑非笑的望了我一眼，不知怎的卻這樣問：你從哪裡來？許是他快人快語不小心漏了一字，許是我還在迷糊中故意聽少了一字，從哪裡回來還算有根有據有跡可尋，從哪裡來就是一個歷史的人生的哲學的議題了，我被這突如其來的一問問倒了，良久良久，站在那裡答不上話，甚至真的想不起我是剛從倫敦從廣島從北京從吳哥窟從台北還是從法蘭克福回來，我幾乎要伸手進口袋拿那張早已皺成一團的機票查對一下。

從哪裡來？到哪裡去？回來了也就等於即將離開———其實不用海關叔叔問我，我也該問問自己，年來為甚麼變本加厲的飛飛飛，每個星期換一個所在地。本來就把工作玩樂事業感情休息前途後路大兜亂，作了選擇做了決定，現在就更加肆無忌憚公私不分的上路再上路，無法喊停，自己負責。

過了那個嚷著要流浪的日子，也著實不是流徙那

麼悲情，說漂泊嗎也不是那麼灑脫，中庸一點就算是四海為家吧，但實際上家這個概念在我的私字典裡也開始崩散———如果只是個避風避雨的休息的儲物的空間，這只是一個功能性的家，一個旅館房間一個貨倉也可以了。英諺有說home is where the heart is，家是心之所安，但我很清楚我當下要的不是安心，心有所屬直接間接對象一千幾百個，心愈不安就越覺得有機會有可能，正如上路路上一邊忐忑不安一邊竊竊暗喜。

把自己拋出去扔出去，在不停轉換的異地裡在浮光掠影中，更清楚了解自己的確切的渴求需要以及生存能力。不滿足於單薄的路過，進而尋求在地的一些實際的人事經驗體會：學一種新的語言，完成一趟越界的跨媒介的創作，談一次或多次成功或不成功的戀愛，坐不同的椅睡不同的床，在不同國籍不同年齡不同性別的新朋舊友的家裡尋找自己對家的再定義，甚至無需定義。如果有空照照鏡，一朝發覺自己面目全非，正好，這正是我要的。

北京城中半夜三更出動跳上計程車住三里屯方向還未選定那一間酒吧的當兒，耳畔收音機有劉德華力歇聲嘶的在唱我是中國人，北京機場10號登機閘口的候機人群當中，我有意無意一瞄電視螢幕有王力宏在又蹦又跳的演繹千禧版龍的傳人，歌不怎麼樣舞不如何好，叫人尷尬難堪的是這個主題實在過時落伍。世界潮流浩浩蕩蕩，無論自覺國勢如何強大，現在的談論焦點

不是如何純粹如何本土，現在想方設法的應該是如何把自己變成雜種！

當然我的父母分明是中國人（還好是一南一北不同省份的），國族血緣上的雜種我是做不成了，但精神上心態上行動上的雜種卻是當下努力專攻的。倫敦希斯路機場的候機大堂是不怎麼有趣的免稅商場，卻給我在書報攤裡買來一本華爾街日報駐倫敦資深作者G.P.Zachary的新作The Global Me。全書三百零一頁反覆強調的是hybrid is hip，雜種當道。

也許這本就不是什麼新議題，齊秦早在十多年前就幽幽的唱過外面的世界很精彩———但接下來一句是外面的世界很無奈。究竟無奈在哪？是因為自家未夠勇氣去面對新環境新人新事？是戀戀已有的既定的權力位置高床軟枕？是吃不慣又硬又冷的三明治？是礙於面子不肯開口用非母語跟對方聊一下家常？無奈的是有根把你纏住，以至要自折精采的翼？

根與翼，對立又統一。羽翼越是堅壯越飛得高飛得遠，就越懂得珍惜愛護落地的根，反正都是概念東西，到最後無謂斤斤計較，有機會把根帶到空中也不錯，飄飄蕩蕩的氣生根也是一種存在狀態。無論在本地還是異鄉，爭取與不同文化不同政見不同職業不同身份學養的人混在一起，容許自己多元複雜，磨煉自己的開放包容，也許一時間對全球化Globalization這個爭議話題說不上什麼有建設的評議，但

Mongrelization這個混種生態卻是比較日常生活比較有感受。

飛往日本的航班上要填那入境出境的兩張表格，常常在填寫當地住處的時候看到兩個兀突的漢字滯在。滯在滯在，無可避免也千萬個不願意。我很樂意給人家解釋也絕對自得其樂，為什麼我是如此的愛乘船乘火車乘飛機以至一切的長短途公車計程車地下鐵，就是因為這一切都在動在交通，我的靈感我的想像我的衝動我的有趣就來了，南來北往串東連西，雜交混種求的不是一時之快，而是一個永續的纏綿的衍生的美妙關係。

耳畔隨身聽反覆有日本新音樂品牌Twilight World精選大碟中Yann Tomita的一曲We travel the space ways，全曲5分20秒輕輕浮浮在吟唱，我們在星空中漫遊，從這個星球到那個星球，反反覆覆唱呀唱的就是內容本身。接著的是周杰倫唱方文山的詞，忍者隱身要徹底，要忘記什麼是自己，還有日行千里飛簷走壁，呼吸吐納心自在，氣沉丹田手心開。混吧混吧，柏林捷運S線Savignyplatz站橋下的精彩音樂舖子Orient Musik 買來柏林 Delphi 爵士樂俱樂部的36年經典現場錄音，那個老好日子的夜夜笙歌連接起自家廣東一代地水南音藝人區君祥蒼涼有味的客途秋恨，空氣中飄蕩的是南方的婉約痴纏。我聽，我看，我走動，我感受我回應，叫我雜種，我願意。

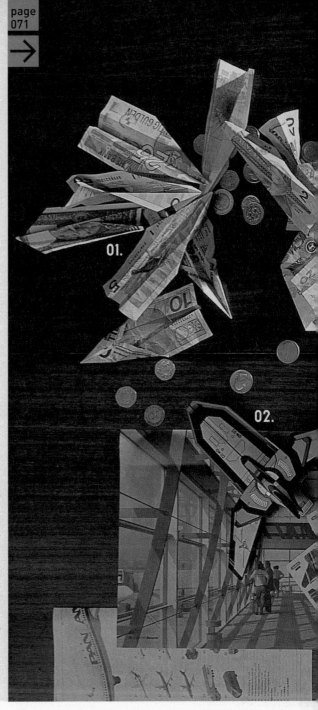

01. 飛來飛去，口袋中僅有的紙鈔其實也只是會飛的玩意。

02. Ultraman三十五周年大慶，Gutswing 2號金色版本一飛衝天。

03. 隨身上路，有你作伴。

04. 新鮮熱辣的港產年青人雜誌JET，矢志飛出香港
　　吸收一手一流精彩材料。

05. 少年離家第一站，倫敦情結多年有增無減。

06. 最耐讀最迷人的隨身讀本首選世界地圖集。

07. 進進出出，按自己的本子辦事。

08. 從這裡到那裡，一張張票根是現實也是夢的紀錄。

09. 發毒誓，終有一天要懂得用流利意大利文點菜。

10. 從來不知飛行哩數是怎樣累積的，反正貪的是小便宜。

延伸閱讀

Chatwin, Bruce
Anatomy of Restlessness
New York, Viking, 1996

傑克・凱魯亞克
《旅途上》
梁永安 譯
台北，台灣商務・1999

Zachary, G.Pascal
The Global Me
London, Nicholas Brealey, 2000

Lofgren, Orvar
《度假》
朱耘 譯
台北，藍鯨，2001

lonley planet guide
www.lonelyplanet.com

Time Out Guide

www. ellipsis.com

11. 大路在前，偶像級遊記作家Bruce Chatwin是鼓
　　勵我積極上路的啟蒙。

12. 真正的旅人無法擺脫鐵路火車的誘惑。

回到街頭

90年3月中某個寒風刺骨的早晨，我在曼哈頓街頭。

路過紐約，破爛小旅舍怪怪的，睡不好也就起個絕早，竟然蕩到華爾街和一眾紐約客去添喝不完的咖啡，當然也吃不完太厚的一疊corn beef hush brown。然後沿Broadway一路躑躅北上，幾年前的勾留印象似有似無，一個遊人面對一個陌生城市跟一個城市面對一個陌生遊人同樣尷尬，左繞右轉來到West Broadway，遠遠望見RIZZOLI書店那狹長店堂，正準備進內翻一下那些翻不完的書，赫然發覺身旁街角牆邊張貼著一影印紙本——黑框照片中是熟悉的孩子臉，鬈曲金髮，金邊圓眼鏡後的藍眼瞪得大大的，依舊帶著好奇和疑惑——IN MEMORY OF KEITH HARING 1958-1990，不想發生的終於發生。

早就聽說Haring染上Aids，卻不知一切開始和結束得這麼快。黑白影印本冷靜的貼在牆上，上面還有過路人手寫的追思字句，一筆一劃，一點一滴。我呆呆的站在那裡，良久良久，耳邊沒有了任何車聲人聲，眼前一片空白，我想我應找一個人說一些甚麼話，我沒有。

一廂情願把他視作偶像，學習對象和朋友，一直鍾情他的哮犬，發光嬰兒，飛天太空船，霸道電視機……那種原始，童稚的魅力從一開始就厲害的擊中我。Haring一直像小孩般到處塗塗畫畫，無懼無忌——從畫在自己的課本開始，進而畫在畫紙畫布，從垃圾桶檢來攝影背景紙畫九呎大素描，在紐約地下鐵廣告板的黑色焦油紙上大畫粉筆畫，冒著被抓坐牢的險三分鐘完成一張，走廊通道上留下作品數以千計。不論用甚麼材料，不論畫在哪裡，也不論成名前後，他的塗畫都保持孩童那種率真爽直一針見血。他自成一家的「符號」不難懂，卻又帶圖騰的神秘，他來自街頭他代表群眾。他脫軌越界闖入高檔藝壇

→

通道上留下作品數以千計。不論用甚麼材料卻又不拖拉眷戀。當年作品在國際市場叫價日高的同時，他卻一直花時間在Guggenheim Museum的Learning Through Art兒童課程，街童組織及孤兒院的藝術課程中擔當導師，和小朋友打成一片。Haring的壁畫作品也自然出現在兒童病院，學校和兒童遊樂場，內容也尖銳的針對青少年濫用毒品，破碎家庭，階級與種族問題。Haring從來不把創作貶為個人自戀自溺，他的天空是大家的天空。

作為一個公開出櫃的同性戀者，Haring在地鐵和大部份公眾壁畫作品中卻絕少出現同性戀圖像，他尊重公眾也因此獲得更大的支持敬重。他以Gay Sex為題材的作品，最叫人印象深刻的是出現在紐約同性戀社區服務中心的牆上，以「Once Upon A Time」為題，當中出現大量的性器官與各式交合場面，無懼的極樂混雜辛辣的反諷反思。在Aids正面襲擊紐約的八〇年代末，Haring身邊愛人同志先後去世，他自己也在八七年證實染病。他以餘下更大的精力投入「stop aids」和「act up」等正視愛滋和同志平權運動中，設計「Debbie Dick」漫畫形象宣傳籌款，冒風雨上街示威遊行，直到燦爛生命的最後一刻。

Haring走了，他留下的當然不只無數在街頭在畫廊在博物館的圖畫，不只那些可以在其開設的Pop Shop買得到的明信片筆記本，小玩具，T恤和手錶，他的展覽場刊，作品結集以及日記傳記，是死忠一黨如我輩一直搜集一直翻掀的靈感源頭精神食糧，細讀下去讀出街頭塗鴉Graffiti文化的源起和發展，其反建制無政府的發聲控訴是一頁又一頁城市追擊社會現實。當一眾從事繪畫創作的藝術家重新發現Graffiti的巨大能量，馬上撞擊演化出好一批生命力能盛放活潑的作品，從Paul Klee，Jean Dubuffet到Pierre Alechinsky到Warhol的大弟子Jean Michel Basquiat，以及Haring自己，都是成功的將High Art與Public Art結合，自成美學體系的好例子。當然也有一眾從來就把自己定位做Graffiti Artists，死守街頭如Haring的同輩Lee，Futura，Dondi，LA II等等，不走高檔不涉藝壇商業機制，晝伏夜出打游擊，堅持執著弱勢草根。

這麼多年過去，當我每回路過紐約，又或者在家裡案前抬頭望到書架上層那一列Haring的作品集，那一個曼哈頓的早上，街頭的冷和靜，還是那麼深刻。那一刻和此刻當中有甚麼關係有甚麼落差，我忽然覺得要好好的想：當年被Haring刺激過影響過，發奮努力過，我畫我寫，也許就是因為沒有真正的走上「街頭」，頂多是在眾多的城市遊蕩，在友儕小圈子間串門家訪，說自己沒有目標方向也不是，再問創作的能量和衝動足夠繼續下去嗎，卻真是暗叫不好。年歲漸長是真的，體力漸弱卻未覺，反正都不是藉口，看來狀況就出在逐漸失去往日那種對街頭萬事萬物的熱情和好奇，當年不怕累不怕熱，不賣賬不妥協，敢怒敢言。可是事移世易，一個人自街頭退下來躲回家，只是偶爾出來正常旅遊，自然就精緻起來潔癖起來，開始慢開始懶開始冷感，想到這裡不禁真的打了個冷顫，老了，卻真的不可這樣老去。

就在我的工作室樓下，大路旁邊每天傍晚停著一輛運送某流行牌子啤酒的大貨車，貨車兩側的位置自然是大型流動廣告板，最初驟

眼望滿滿一片被喜好塗鴉的滑板族群給攪個七彩，走近看卻真的是塗鴉，而且是有計劃有廣告預算的塗，這個啤酒品牌年來好幾個系列的電視、報章以至街頭廣告，都是用香港本土樂隊LMF (Lazy Mother Fucker)為發言人，把剛剛冒出頭來的舶來結合地道滑板／Grafitti／DJ／HipHop電音文化擺上檯，加上城中議論紛紛的Rave舞會潮流，嗑藥搖頭風氣，年輕街頭勢力似乎又來洶湧新一波，悶熱翳焗的2001年7月香港街頭，有的是甚麼啟示預告，又指往甚麼潮流方向？

十多年前遠遠的那一波與目下當前的這一波，之間原來已經錯過遺漏了那麼多。看來得趕快惡補，認識了解近年冒升的Graffiti Artists如以飛天頭像叫人過目不忘的Barry McGee，以童黨素描群像技驚一座的Mode2，把字體結構演化成生物的she one，把百變魔力提升為建築神話的Boris Tellegen。Hip Hop滑板一族視為代言偶像的Evan Helox，Andy Jenkins，Mo Wax團隊，Futura2000，街頭海報行動Obey Giant的主腦Shepard Fairey更把影響遍及歐美日亞，還未計算香港台灣大陸的蠢蠢欲動隨時出擊的街頭戰士，以及與商業建制渾然天成的日本一眾年青流行品牌偶像Nigo，Groovisions，推波助瀾的雜誌Relax，Giant Robot……一旦投入其中，連環緊扣別有洞天，看到的聽到的買到的感受的吸收的都是年輕能量，對不想不明不白老去的你我，絕不能視若無睹。

為了這一副「硬」骨頭著想，大抵我不會厲害到下定決心學滑板離地飛起八呎。但我知道，回到街頭是唯一出路，除此別無選擇。

01. 十多年前買來的哮天犬紅色T恤，還是新簇簇的捨不得穿。

02. 了解Haring 創作私生活的最佳讀本，77年至89年的親筆日記精選。

03. 身邊親朋摯友的深情憶述，Keith Haring 是一個
　　有血有肉大悲大喜的人。

04. What's up? 綠色太空小怪物劈頭就問——其實這
　　裡那裡處處新奇有趣，就看你了。

05. 發光發熱Baby襟章，Haring的註冊商標。

06. Haring學生時代在紐約視覺藝術學院的作業，分
　　明已有塗鴉畫風。

07. 日本街頭潮流雜誌多不星數，Relax是當中表表者。

08. 紐約pop shop是Haring相關產品的大本營，買來的一張小小明信片都有特別意義。

09. Haring當年的街頭好友Futura，至今仍火氣十足創作不絕。

10. 好趁手腳關節還未生鏽還可以摔幾回跤，踏上滑板怕什麼？

11.

12.

延伸閱讀

Haring, Keith
Journals
London, Fourth Estate, 1996

Gruen, John
Keith Haring, the Authorized Biography
London, Thames and Hudson, 1991

Haring, Keith
Keith Haring : the SVA years (1978-1980)
New York, School of Visual Arts, 2000

Futura
Futrua
London: Booth - Clibborn, 2000

郭文華
《流行示威》
香港，盈科天馬動力 · 2001

Kit Chan
Sky-H
Hong Kong, PCC Skyhorse Limited.2001

11. Haring童年的真正塗鴉，還有他十歲那年的得意
　　模樣。

12. 街頭流行文化鋪天蓋地，港產精英的心路歷程結
　　集《流行示威》。

早起的蟲兒

小時候有過那麼的一陣子用功，背字典。

當然還未厲害到捧著牛津高階英漢雙解詞典厚厚1910頁一個一個單字連註解死命的背，那個時候最感興趣的是英文諺語，身邊常常帶的是一本英諺字典。為了把這些句語牢牢記住，我「發明」了一個最適合自己的方法，把這些意象都畫成有自己才看得懂的圖畫和符號，人家的光明磊落變成了我私家的神秘和搞笑。這上千則的諺語如今當然過半已經交還給天給地，唯是真正變成了自家日常口語的，倒是一直在衍生發展。從前唸到The Early Bird Catches The Worm，早起的鳥兒有蟲吃，直覺是很生動很明白清楚的一個形容比喻，一向習慣早起的我當然也深諳箇中滋味，不過性格使然，倒知道心甘情願做的是早起的蟲。

早起的蟲當然就要冒著被鳥一口吃掉的險，也就是有了那麼一點危機感，做人（做蟲？）才有意義。早起，也就是在眾多深感無力的個人挑戰當中唯一有點把握，急忙引以為傲的。

說早，其實也只是清晨六點左右，再早，其實是某些人的很晚。就在那個大多數人還在甜蜜夢鄉中糾纏掙扎的那一刻，我比我的鬧鐘還要準時的醒過來了。我的確有過很多很多鬧鐘，特別是德國Braun百靈牌，當中有幾個還趁有一回專訪它們德高望重的總設計師Dieter Rams，特意叫他在鐘背簽了名。可能也因為這樣，這些鬧鐘也就退役下來——其實我倒覺得是因為某種奇怪的意志，臨睡前決定了要在五時五十八分醒過來，也就絕對準時的在那時那刻睜開了眼睛。

醒過來，管它是風狂雨驟的壞天氣還是清朗透明的大好天，就是因為還早，面前就像有格外多的可能和機會。當一切還在靜的時候我已經開始在動，感覺非常良好。如此一個清晨沒有deadline死線的威脅，之前幾個小時的睡眠，縱使常常塞滿了古靈精怪的夢，腦筋在此刻還是新鮮乾淨的。稍事清潔梳洗，常常就在書桌面前坐下來看書寫稿畫圖，這大抵也是城中少有絕早開始辦公的home office吧。

常常跟同道老友聊起，他們她們大多把腦筋活動創作的時間安排在深宵午夜，在大眾休息主流放緩的時刻「摸黑」作業。我倒早在學生時代就停止了通宵熬夜，自知沒有撐下去半夜吃它兩碗方便麵的本事，反是早早上床，換它一個清爽明快的早上，思路通達，好作分析好做決定，昨天午後的死結都一個一個解開。最有快感的是，當全城所有人在九時半十時在辦公桌前還剛剛坐下剛撥翻了第一杯咖啡的時候，你幾乎已經完成了這天過半的工作，厲害的已經可以宣告休息——老實說，大家一味喊忙忙忙，但一天真正可以做到的實際有效的還是少之又少——與其是鬆鬆散散又一天，倒應該是全力集中的一個早上。

當然，大好清晨除了工作，實在也很適合遊玩。無論在家在住的熟悉的城市，還是在外行旅經過的都會城鄉，如此清晨總是有跟平日不一樣的面貌。在一大堆煞有介事的博物館展覽廳開放參觀之前，在所有名牌名店開門營業之前，你已經走在街上，

拿著在報攤買來的第一份報紙，一口咬著街角麵包店新鮮出爐的通常是可頌的香脆熱辣，走進公園，跟比你還早起的年紀應該比你大的叔叔嬸嬸點頭微笑招呼。又或者乘上一輛陌生的公車，跟上班上學的襯衫還是皺皺的髮梢還是濕濕的一起開始他們她們的新的一天。你還應該帶著攝影機錄像機，有意無意拍下著實不一樣的每個清晨。有一回趁轉機之便，清晨五時在曼谷機場截了一部計程車跑到常常去的周末墟市。我當然比那些商販還要早，晨光熹微中我從容的走隨意的拍；為業者提供早點的小檔老闆娘早已化好了濃妝，賣鬥雞的精瘦中年還在雞籠後面熟睡，賣白襯衣的大叔一件一件把一式一樣的衣服掛起來，賣牛仔褲的小男生像個女生，穿著極低腰的窄褲在檔口前跳著昨夜的（！）舞，還有一頭剛剖開的牛，三千對我不會買的鞋，頭頂有藍得像天的破布帳和負荷過重的彎著身的電線杆……一切都浸在如水的清涼當中，完全不像我認識中的曼谷的難過的酷熱。

清晨要動，也就是跑步的好時候。年來不知不覺，已經把晨跑變成每個早上的指定動作。經驗裡是下床後的第一秒鐘你已經要換上運動衫褲穿上跑步鞋，第二秒鐘跨步出門，不然的話就隨時會有明天才跑的歪念。尤其是出門在外，晨跑已經變成了（心理上）跑走前一晚的美味得過份和過量的炭烤海鮮，意大利麵，乳酪和甜點的必要應變措施。越是有時差反應的昏昏欲睡的癮像，就越要跑它半個小時或以上，出它身汗再馬上淋個熱水或冷水浴，神都給跑回來了。

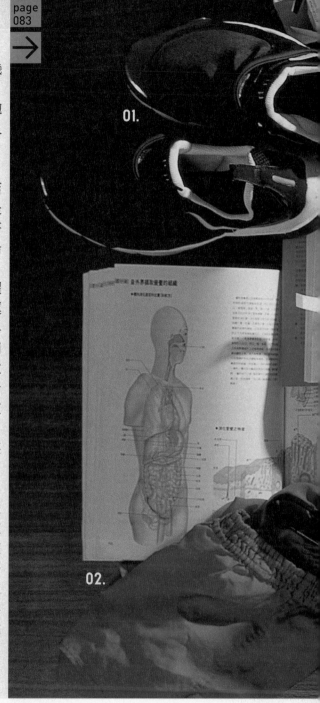

法蘭克福的清晨，從寄居的小旅館起步，繞著德國銀行宏偉的鋼根玻璃總部跑了幾個圈，有點像試探保安虛實的大盜小嘍囉，然後沿天橋逕自再往會議展覽中心方向跑去，日間擠得滿滿是人的會場還是空無人影，什麼買賣其實都不比睡一覺好的重要。在柏林時候住的旅館就在著名的同志區，起個早跑步的時候還碰上通宵在酒吧夜店作樂的戀人在晨光中纏綿擁吻。威尼斯是最宜晨跑的地方，從聖馬可廣場出發沿著運河岸邊迎著太陽向雙年展場方向跑，沿路石橋梯級跑上跑下是最有效的消脂辦法，邊跑邊看不止一艘貢多拉載滿一船的洗濯好熨摺得整齊的雪白的大小毛巾，趁早運送到眾多的旅館去，沿途更碰上來自世界各地的改不了習慣的晨跑客，最近的一回在倫敦，碰上一個沒有下雨的清晨，趕忙出門穿過住宅區往Brompton墳場跑去。清晨的墳場實在美妙，人家的祖宗大抵還在睡，往墓園深處跑去抖落兩旁草叢的露珠，停下來一邊做舒展運動一邊讀墓誌銘看英式幽默小聰明，滿足地開始好學的新一天。

早起，晨跑或其他，突然想起馬英九在維多利亞港堤岸旁和一眾追不上他的記者跑過，村上春樹也在希臘的卡拉卡魯修道院旁的羊腸小路上跑過，還有曼克頓中央公園的正在跑的約翰，巴黎盧森堡公園正在喘氣的尚·保羅……有人早起為了要做鳥兒，我始終甘心做蟲——時移世易，誰說早起的蟲兒不能把鳥兒吃掉，這可能就是我的早起的野心。

01. 腳踏2002秋冬新款Nike Presto，求一個輕快的感覺。

02. 念舊的人總得解決貯存問題，退役了的運動褲怎捨得丟掉！

03. 好友送來的多功能心率錶，提醒我開始了長跑鍛鍊就得持之以恆。

04. 看見漂亮鞋款總忍不住，回到家才知道是小一號的。

05. 帶著上路的德國百靈牌鬧鐘，前後用壞了五個。

06. 路上要健康，一日一蘋果。

07. 到處尋找口味最佳的Organic優格，早起的蟲兒早
　　餐首選。

08. 管他什麼國度什麼語文，買一份早報感受一下當
　　地大環境小花邊。

09. 身心受益，願意每天再早起一個小時瑜伽靜坐，
　　一年下來，你猜我已經可以做到哪一個姿勢？

10. 有點土的《祝君早安》汗巾其實又便宜又好。

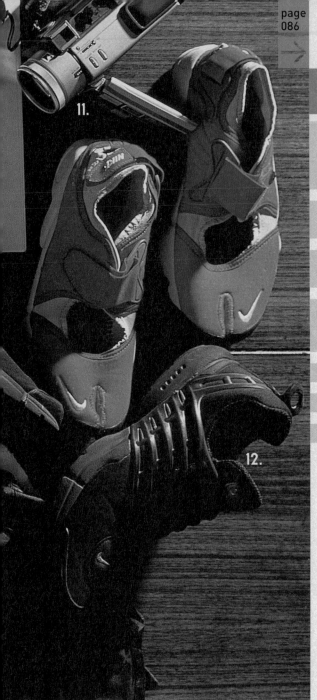

11.

12.

延伸閱讀

Ewing, William A
《人體聖經》
邱瓊瑤譯
台北，耶魯國際文化事業，1998

阿南達瑪迦
《瑜伽靜坐手冊》

Men's Health Magazine,
Rodale Inc

薄井坦子
《人體保健醫學》
台北，暢文出版社，1992

www.polar.com.hk

www.menshealth.com

www.nike.com

11. 帶著DV攝錄機上路，早午晚自拍公路都會小小
　　小電影。

12. 走萬里路，還是心愛一雙純黑舊款Presto。

我愛廚師

小朋友在談戀愛，這一趟，他的對象是個廚師。

我問他，究竟你是饞嘴愛吃？還是愛他？他說，兩樣都愛。

愛吃他涼拌出來的各式生鮮水果蔬菜，調味醬料有冷有暖有甜有酸，一點點辣，或者麻；愛他煎的魚烤的魚，三文，比目，石班，倉魚鱸魚……畢竟他來自大洋洲，這麼大的一個島，走近岸邊伸手一抓就有魚（可以這樣說吧），海裡面濕淋淋的他有胖胖的一種性感，乾乾瘦瘦的廚師總是沒有說服力，自己也不愛吃不多吃，燒出來的菜好吃也很難。然後還有可以吃的飽飽的主食：龍蝦意大利麵，換了蛤蜊也很好，三種野菌作料的雞肉燴飯，又或者煎牛肝伴厚厚一塊家常玉米餅。實在吃不下了，喝一點餐後甜酒，稍事休息，再來甜品，是提拉米蘇？是藍莓起司蛋糕？是杏仁口味冰淇淋伴焦糖布丁？可以這樣吃嗎？管他？可以這樣愛嗎？當然。

當你愛上一個廚師，首先你會問自己，容不容許自己隨他一樣，如此這般胖下去？把心交給他之前，原來真的把身也交給他了。

廚師當然也有好有劣，碰上好的，還會一粒一粒的有星級數。身邊情人你可會為他為她這樣評分？如果多過一個的話也許有意義，最怕是丟了一個三星的再等很久才能再出現一個一粒星的，後悔也來不及。

沒有這個小朋友那麼幸運，原來只是走進菜市場為了買幾個蕃茄，就給他碰上正在買雞蛋的那個廚師，電光火石一剎這個那個四目交投，最愛的不是蕃茄不是雞蛋分明就是他是他。後來我在小朋友家的廚房裡追問他倆，你們在一起是不是經常吃蕃茄炒蛋？

廚師，我愛——在還未給我在菜市場，在餐廳，在麵包店，在路邊攤，在廿四小時通宵超市，在廚房裡，碰上一個值得託付終生的新鮮的可愛的白白胖的廚師之前，我的廚師我的偶像都躲在書裡：著有《La Scienza in Cucina e L'Arte di Mangiar Bene》，英譯《The Art of Eating Well》的意大利名廚 Pellegrino Artusi，自1891年初版問世直至今時今日再版重印一百一十一次，連人帶書絕對是每一個意大利家庭廚房的守護神。說他是名廚其實有點誤導，因為出身托斯卡尼中產階級家庭的他是一個成功的絲綢商人，從來沒有在開門營業的餐廳廚房中掌過廚。當然他的領地是自家廚房，雖然身邊一大堆家廚，但他卻經常親力親為，一邊烹調一邊紀錄意大利各地傳統家常菜式，以美食作家的身份奠定了江湖地位，多次要引證意大利麵的一些源流作法，也還是要翻開Artusi老先生的巨著。而他在寫材料寫步驟的同時，也把當年生活細碎片段給技巧的融入字裡行間，活脫脫一部十九世紀末意大利飲食民間生活史。

一提起這些廚中偶像，絕對是一發不可收拾（誰來給我收拾十六人晚餐後有如空襲轟炸過的廚房？），隨手從書架上檢來有廣州名美食家江太史之孫女江獻珠女士94年在香港出版的《中國點心製作圖解》，圖文並茂具體而微把點心這等「小事」作大事來辦。江女士是一位矢志把一生心力都交給廚房，且把廚房當作傳揚中國美食文化的教室的一位毅行者，在九八年的美食文化著作有《蘭齋舊事與南海十三郎》，之後，二〇〇一年初出版的《古法粵菜新譜》，是把香江舊日著名報人陳夢因的絕版經典食經再編輯整理，並以食譜演釋食經，將粵菜傳統原理和現代飲食要求生活節奏結合，溫故而又嘗新，厚厚二百多頁重量級精心編撰，絕非坊間一般所謂美食家的商業推銷式的兒戲行貨。

當然還有近年瘋魔英國的鄰家男孩，Jamie Oliver以'Naked Chef'赤裸廚師電視食譜系列叫迷哥迷姐食指大動。Jamie倒是不折不扣的一個餐廳大廚，殺人秘技就是那種看似漫不經心隨手拈來的灶頭小聰明，家常菜式本就應該是輕鬆好玩，從來為人詬病的英式飲食界終於有了一股新鮮有勁的清風，想來這也是上世紀五六〇年代英國飲食壇前輩美食女作家伊麗莎白大衛所終生致力推動的成績吧，說起伊麗莎白，她的食譜精選集《南風吹過廚房》是入廚入門必讀首選，她的豐功偉績也在書中逐一追憶細說。

好的文字好的菜式，看得見嚐得到，近十多年英美飲食寫作蓬勃異常，有專業大廚如紐約Brasserie Les Halles的主廚Anthony Bourdain去年新作'Kitchen Confidential'道盡風光背後廚房內的甜酸苦辣，又如從食物攝影師搖身一變食譜名廚的來自英國的Nigel Slater，十年來一本又一本圖文並茂厚如磚頭的色香味「艷」著叫我幾番冒飛機行李超重的險，還有來頭不少的哈佛高材生Jeffrey Steingarten，長期是'Vogue'美國版的食評主筆，結集出版《一個什麼都吃的男人》也是等不及平裝版就要買的硬皮大部頭好書，書中雖然圖片欠奉，但通篇都是在家裡廚房的糾纏與高潮（包括現烤麵包和手作冰淇淋），叫人格外想像連翩。

差點忘了一提最新發現的日本偶像Kentaro，

一個自幼在廚房裡看著料理家母親燒菜的他
如今是新新男人，以男人料理的粗中帶細的
風格取悅一眾的味蕾，也以親民幽默的造型
和笑容包裝自己，兩三年間推出不下十數本
精美食譜，從傳統日式到意大利韓國印度到
無國籍料理，大小通吃越吃越滋味。旅居紐
約的香港作家杜杜近年一直每周撰寫的飲食
與藝術專欄也是我每個周日一邊吃Sunday
Brunch一邊必看的好文章。作為一個勤於下
廚的男人，他的住家風景中爬過蝸牛打開生
蠔跳出龍蝦跑了火雞包好餃子烤成月餅吞下
昆蟲切好豆腐吃罷花瓣飲過清茶還給洋蔥淚
了一眼，前輩從為食當中悟出生活道理，我
等後輩得趕忙在爐灶旁鑽個位置偷偷師。

這些在廚房中翻雲覆雨的高手往往最叫我羨
慕，他們她們帶給身邊親友以至讀者觀眾，
是最直接最到位（到胃？不是倒胃！）的享
受。試想想一天到黑在外頭奔波勞累的你我
其實常常吃力不討好，倒不如在回家的路上
張羅些好材料，回家為自己，也為應該下了
班的身邊人弄點像樣的，在有機會愛上一個
廚師之前先愛上自己，把自己武裝成一個廚
師，一個「殺人」同時討人歡心的廚師，不
求燒出一桌酒席，只從簡單做起，簡單最能
感動人，如一碗蔥油開洋拌麵，一片大蒜薄
煎牛扒，一鍋豆腐味噌湯，一點一點盡嚐人
間真滋味，利人利己口腹，快樂滿足。

當你把一頭大汗一臉油煙抹去，當你把黑色
棉布圍裙除下，當你從戰場一般的廚房裡走
出來，請小心四方八面射來的慾望的箭，老
實告訴你，廚師的確是最性感最可親的身邊
愛人。

01. 香港前輩作家杜杜《另類食的藝術》是飲食文學
的新典範。

02. 下回到我家作客，我對我弄的意大利麵還算信心
滿滿。

03. 聽得到的好味道，法國電影Delicatessen原聲大碟。

04. 深深愛著蒜頭，有一口氣吃到虛脫暈眩的經驗。

05. 有過這樣的衝動去當一個好廚師，現在比較懶，
還是乖乖地坐下來，光等吃。

06. 失敗乃成功之母，火浴鳳凰是一隻烤焦了的鴨。

07. 鄰家男孩廚師Jamie Oliver紅透英倫，又簡單又親切又好的家庭菜式也迷住亞洲一眾饞嘴的。

08. 最後晚餐，不知菜式如何滋味如何？

09. 德高望重大姐大，英國飲食作家Elizabeth David，一盤炒蛋一杯酒，一個下午的優美閱讀經驗。

10. 新偶像Kentaro咪咪笑就弄出了一餐桌色香味全，新新好（吃）男人樣版。

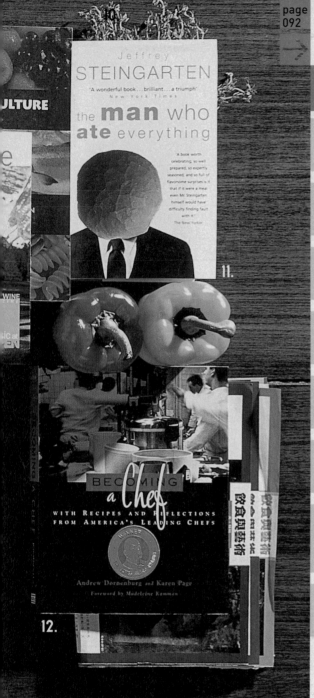

11.

12.

延伸閱讀

Oliver, Jamie
The Naked Chef
London, Penguin, 1999

Oliver, Jamie
The Return of the Naked Chef
London, Penguin, 2000

杜杜
《另類食的藝術》
香港・皇冠・1996

(Ed) Colin Spencer and Claire Clifton
The Faber Book of Food
London, Faber and Faber, 1993

Dornenburg, Andrew and Page, Karen
Becoming a Chef
New York, Van Nostrand Reinhold, 1995

Kentaro,
Kentaro 料理叢書
東京，主婦之友社・2000

(ed) Norman, Jill
《南風吹過廚房》
方彩宇・陳青嬬 譯
台北臉譜出版，2000

Artusi, Pellegrino
The Art of Eating Well
New York, Random House, 1996

11. 男人到處睡到處吃，什麼都吃的'Vogue'時尚雜誌
飲食專欄作家Jeffrey Steingarten除了愛吃還身體
力行下廚做實驗。

12. 如何成為大廚？美國星級大廚道盡箇中甜酸苦辣。

眼看他樓塌了

「我認為摩天大樓已經完了」，德高望重的國際建築界龍頭老大Philip Johnson如是說。

時為一九九六年，他九十大壽之前樓受skyscrapers一書作者Judith Dupre訪問時，一字一句道來：「為什麼我這個建了這麼多幢摩天大樓的人會說這樣的話？因為摩天大樓的建造再不是因為經濟需要，It's pride。」

驕傲，炫耀，向高空發展，接近神，In God we Trust，至少要接近象徵財政安穩之神禑門Mammon。財雄勢大富甲一方，所以驕傲所以炫耀「在我們這個年代我們讚頌的就是摩天大樓文化，站在高高樓上我們就是這樣看世界———」

站得高，望得遠？

9月11日，巴黎的下午。剛完成了長程旅途上的所有公事，一如既往的身體本能鬆懈頹倒，疲累不堪。友人還興致勃勃逛街，我只能撐著陪走一段，然後要回旅館休息。回到小小房間，順手按開電視，就是這一秒鐘，高樓塌於眼前。

看到的，聽到的，此時此刻，有多真實？有多虛幻？

房間小小，昏暗中我縮得更小。CNN的熒光慘藍慘白的覆蓋過來，是重是輕？反正也再不能承受。

我開始亂撥電話給在紐約的摯友，他的辦公室就在世貿廣場的對面。撥不通是因為我根本就亂得按錯了，撥通了卻是更叫人墮入深淵的電話留言，

「我只想聽到你的聲音———」我端著話筒，向另一端的無盡黑暗顫抖出這一句。

然後我想到爸爸媽媽，縱使人在香港人在巴黎都應該安好，我還是要讓兩老不要太擔心我這個長期在外的愛玩的‘小孩’。撥通了電話兩頭都是悲哀惶恐，我第一次同時感受到和摯愛家人在一起的親密與無助。這不是一件家事，這是我們共同經歷的一次意外。父母輩經歷過戰爭逃過難，但萬萬想不到在這個太平盛世的晚年會耳聞目睹又一場慘劇。

眼看他起高樓，眼看他宴賓客，眼看他——

一九六六年世貿中心雙子大樓奠基典禮上，大樓的美藉日裔總建築師山崎實Minoru Yamasaki向來賀的賓客發言：「世界貿易意味著世界和平……世貿中心大樓就是人類致力於世界和平的一個生動的象徵。」雙子樓從來沒有像帝國大廈，佳士拿大樓以至AT&T大樓那樣貴氣迫人，卻採用了平淡實在的國際式風格，摒棄一支獨秀的侵略性的厲害，用雙塔形式暗示了平等，交流，對話的可能。也因為地處要害，成為紐約曼克頓港口的必然地標，更成了美國金融經濟甚至美利堅精神的圖騰。建築從來都為政治為權力服務，空談建築的藝術性其實也等於在看平面照片上的雙幢摩天樓。如今我們不僅目睹天崩地裂灰飛煙滅的一刻，在我們面前堆疊起的報章雜誌大版小幅更是如廢墟如鬼域一般的倒塌現場，7萬8千噸鋼根經過攝氏二千度高溫軟

得站不起來，扭曲變形用另外一種姿勢去面對另一個世界。

從這一秒鐘開始，世界再不一樣，你我也再不一樣。那個夜就讓電視一直開著，清晨在寒氣中我猛地醒來，下樓買的解放報報頭沒有文字標題，11 Sept 2001這個日子打印在紐約的晴空裡，沒有什麼可以說，只剩下這個日子要記住。

這個早上我要離開巴黎回到香港，回到家，還有這個會要開那個人要見，未完成的稿件要修改的圖畫，我的工作要如常繼續，還是要這樣地球團團轉飛來飛去，我們努力工作，為自己，也為身邊的人，生活得愉快一點有趣一點，在現實裡偷空造夢——但現實畢竟太殘酷，我們苦苦建立，標榜創作宣揚開放公平，更把愛掛在口邊，如今一切崇高的理想的驕傲的都頹倒於眼前。我們竟然要在破敗傾亡的震撼中才有所領受，這是什麼世界？

這是個恐怖世界！一方有被「一口咬定」的罪大惡極的恐怖份子，一方有誓死將戰爭合理化公義化的復仇勇士。一眾起立拍掌逾三十次的一篇總統國會發言：「你要麼跟我們站在一起，要麼跟恐怖份子站在一起。」為什麼我不可以自己有自己的立場和態度？為什麼要被框在這個霸道的極端二分法的邏輯裡？CNN和其他同樣被國殤情緒籠罩的電視台，越看越聽越叫人不安。我想我應該明白什麼叫哀痛，但為什麼美國的人命會比中東的人命值錢？不

可不知長年戰火中傷亡之流徙的中東平民百姓數以百萬計。對不起，抬頭有青空中無辜化成煙燼的冤魂，也許他們她們現在才可以把這個世界的殘酷不義看得清楚一點。

慚愧自己一向對嚴肅的國際政治經濟新聞認知太少，在震驚中只能盡量的在種種對緊張局勢的分析評論裡企圖整理出一個看法，或者說，一個看法也不足以解釋為什麼會是這樣為什麼竟然可以是這樣。但我確信戰爭也就是恐怖行為，以眼還眼令人盲目，生靈塗炭情何以堪？

漫天戰火中憶起曾經走過的壯麗的阿拉伯土地，惦念那些貧窮正直心地善良的平民百姓，耳邊有天真爛漫的孩童笑聲⋯⋯ 在這本來就不公平的世界裡不能再有更多的國族仇殺，不能讓自由，平等，公義這些理想變成作嘔的謊話托詞，不能讓民族主義霸權主義膨脹自大，不能把集體懲罰跟公義混淆，不能讓世界更加恐怖。

眼看他樓塌了，世界應該不再一樣，我們應該不再一樣。

01. 多年前中東之旅途中買來的一對碗，瀟灑潑釉，自有一種遊牧民族的釋性隨心。

02. 越來越看不下的Time雜誌，一面倒大美國觀點受不了。

About the fortieth floor, my knees started to gi...
I was going to make it. My co-workers kept eg...
keep going. We only have forty floors to go. We...
We only have twenty. So I kept going, and I'v...
will ever forgive me. — *Raquel Vidal, mailing on the 102th f...*
The New York Times, February 27, 1993

03.

04.

9-11
Noam Chomsky

人人讀者『恐怖主義』，扣足對於『恐怖主義』，
有太多被隱藏的事實，不明的定義，以及扭曲的宣傳。

大塊文化
主系列10系列
8 折優惠

認知．喬姆斯基 (Noam Chomsky) 著
丁連財 譯

05.

06.

03. 冰封三尺非一日之寒，深仇大恨不會在一天之內
　　凝聚也不可能一天就解決。

04. 知識份子的良心，語言學者，思想者，批判者諾
　　姆·喬姆斯基當頭棒喝，反思911。

05. 坦誠相對？政治外交遊戲從來就不容易玩。

06. 當年雙子大樓落成之日，美籍日裔建築師山崎實
　　一心祝願世界和平。

07. 是否天譴誰人知？

08. 摺出一架沒有殺傷力的紙飛機。

09. 筆記本中有當年途經芝加哥，抬頭手繪John Hancock中心的速寫。

10. 翻得快要破的一本紐約旅遊手冊，封面赫然有線描雙子樓。

11.

12.

延伸閱讀

Dupre, Judith
Skyscrapers
New York, Black Dog & Leventhal, 1996

Chomsky, Noam
《9-11》
丁連財譯
台北，大塊文化，2001

11. 911後世界各地建築師都各自提出ground zero的
　　重建方案，至今仍未有最後定案。

12. 一筆一劃，追求和平圓滿美好的圖案該怎樣繪畫
　　下去？

閒得要命

最近閒得怎麼樣？

閒得把林語堂先生的《生活的藝術》《吾國吾民》
還有他的其他散文選輯佳句摘錄以至他的數本傳
記都拿出來再讀。早已翻得皺皺的書頁一邊翻一
邊發覺，有些句子早已隨口背得出來：

「中國人在政治上是荒謬的，在社會上是幼稚的，
但他們在閒暇時卻是最聰明理智的。」

「我欣賞一切的業餘主義，我喜歡業餘的哲學家，
業餘詩人，業餘攝影家，業餘魔術家，自造住家
的業餘建築家⋯⋯」

慢慢的閒，然後又閒的很快，很快的把身邊帶著
的Lomo樂摸相機掏出來，拍拍喝醉了的面前的
一堆人，有人偷哭有人狂笑，窗外還有紅花有藍
天有綠樹，對呀，已經是早上了，各種型號的綠
摸相機在大太陽底下拍出來的顏色最厲害，聽說
還可以把你拍好的作品拿去比賽，不，要比賽就
不夠閒了，我們來分享來展覽，無無聊聊的，正
是我們期待的。

再下來閒得皮膚都乾了，法國BIOTHERM的
AQUASOURCE潤面霜真的很好，人家牌子的那
麼一小瓶裡說有什麼八杯十杯水，這一瓶據說有
幾十杯。用了這麼一段日子，從托人由巴黎遠道
買回來到貪便宜在曼谷買折扣貨到現在正式在面
前登陸在地下鐵車廂賣那麼一個美女大頭廣告促
銷，最不愛理自己的面目身世的也該偷點時間照
顧一下自己吧。

然後閒得有時間去病，尤其是腸呀胃呀的折磨人的痛。如果很忙，是沒法去病的，你會因為沒時間反覆來回辦公桌與衛生間而決定不要再肚痛了。就是因為你閒，你會放鬆一點的吃喝，一不小心就吃壞肚子出狀況。至於閒出相思苦閒出心病，有點古舊，又是另一回事。

閒得騎腳踏車翻山越嶺，從自家後山一直騎到阿爾卑斯山，閒得一個一個單詞的默記用米黃色聖經紙精印，以護目力的九七年十月版《遠東簡明英漢辭典》，閒得去泡泡這個那個野溫泉，在家裡也意思意思的常備乳白色的蝦夷之湯和紫藤色的豐之國之湯，每次把整包粉末放進注滿熱水的浴缸裡的時候，都覺得在做一碗可以喝的甜甜的熱湯。再閒的就是在零下八九度的晴朗的冬日遊遊湖面結了冰的北京北海公園，逛逛永遠在節日狀態的上海外灘公園，三更半夜出現在西門町那一家永遠記不起名字的通宵營業的有好喝的虱目魚湯的小店，切記不是要做什麼遊記指南專題採訪報導，更必須放下什麼潮流直擊文化觀察的身份角色，只是經過，沒事，玩玩。

這算得上什麼閒？你說。我們本來就該這樣日常生活，都是些不必要周章準備的基本動作。「我們於日用必須東西外，必須還有一點無用的遊戲與享樂，生活才覺得有意思。我們看夕陽，看秋河，看花，聽雨，聞香，喝不求解渴的酒，吃不求飽的點心，都是生活上必要的……」周作人先生早在幾十年前都寫過了，問題是我們越

來越閒不了，也越來越追求閒這種這麼近那麼遠的狀態。一個閒字是我們的致命，追求閒，只因為我們太累。

累，就真的不必說了，要是真的要全面的去組織去認識這龐大的困身的嚇人的硬的累的種種，本身也夠花時間夠累的。生來為了工作，活著為了完成，無時無刻我們在打算在企圖建立一些什麼，建立之前又要摧毀一些什麼。本來有人擅長建立有人專職摧毀，但人人都貪心人人都希望扮演二個或以上的角色，結果是來不及摧毀也建立不成，倒是花了很多精神時間跑來跑去勞心勞力。我們很容易搬出生活逼人這個藉口，但實際上並未有想清楚我們要的是什麼樣的生活，還是那種小孩子氣的你有的我也要，我有的就是不給你，到頭來是自己逼自己，逼出鏡中人目光散亂慘不忍睹。

累，也就像呵欠一樣會傳染，累開去了就互相連累。團團轉到某一個位置，怎麼再也轉不下去掙不下去了。也許說，累是自然不過的，累了，就好好睡它一頓，從晚到早從早到晚，問題是體能大致恢復過來了，精神卻還是那麼疲累。有人會選擇看看中醫調理調理，有人會選擇嗑藥選擇搖頭。

因為累，所以要自己更累。在強勁的電音節拍底下在鐳射激光的切割中，義無反顧盡地一舖，企圖釋放貯藏於身體深處的最後能量，不斷重覆不斷動作，累得死去活

來，能夠活過來，也就好了。因此也忽然
明白為什麼跳到天亮跳到最後需要chill
out，放的都是冷冷的懶懶的像是在lounge
酒吧間裡的音樂——實際上，走進淘兒走
入HMV以至誠品音樂，都有專室專櫃一大
堆easy tempo的trance，acid jazz，ambient
和dub類型音樂，浮盪迷幻，大家也樂意
把這些音樂作為日常生活背景——簡明英
漢字典裡lounger一字，一解作躺椅，二解
作遊手好閒者，明白不過。

追求閒，是因為太累，如此累，是因為弱。
你弱我弱，早上撐著起來撐著出去，面前
有醜陋的政治巨人惡毒的經濟巨人，連腐
敗的機關官僚甚至瘋狂的恐怖份子都是如
此體積龐大，與企圖乖乖生活的你我強弱
對比懸殊。

此刻耳畔是縈繞不止的，我的永遠偶像
Sting史汀的單曲Fragile。說來巧合，史汀
今年在意大利的巡迴演唱，就是以脆弱的
Fragile一曲作開首，眾多場數中挑好來作
現場錄音灌製唱片的那一晚，偏偏就是九
月十一日。

早在一多年前已經寫好的這一段歌詞，竟
然脆弱如現實：血肉和鋼鐵一體，夕陽顏
色中默默，明晨的雨會把痕跡洗去，永留
的是心中思念的人。此生如此最後一擊，
空空無力的暴力，憤怒星宿下的你我，且
把自家脆弱暫忘。不斷不斷雨下，如星之
淚，雨下不斷不斷，如你我脆弱。

01.「兩腳踏東西文化，一心評宇宙文章」，大師林
語堂以閒心處之，成績顯赫，換了我輩，必定忙
得要命。

02. 北京畫家田黎明的寧靜透明的生活感受，叫人神
往。

03. 那回在上海，在東兄招待以好菜好酒，飽了醉了累了，忘了秉燭夜遊。

04. 管他春夏秋冬，讓我們泡湯去吧。

05. 最欣賞樂摸LOMO相機的一句宣傳話'Don't think!!'，別想太多，按下去再算。

06. 看到扇子，就想起畫家于彭，和他沒有空調的家。

07. Easy Tempo，未放進唱盤已經懶起來。

08. 到了威尼斯，盪在水上，想快也快不起來。

09. 老祖宗的閒情要緒，至今仍然受用。

10. 在最忙最混亂的倫敦希斯路機場買來《懶惰的藝術》，也算是一種英式的幽默。

11.

12.

延伸閱讀

鄭在東
《北郊遊蹤》《台北遺忘》
台北，漢雅軒，1991，1992

鄭在東
《鄭在東作品集——何不秉燭遊》
台北，大未來畫廊，1998

田黎明
《生活日記》
石家庄，河北教育出版社，2000

冷冰川
《二十四節氣的戀人》
上海，上海文藝出版社，2001

Solnit, Rebecca
《浪遊之歌》
刁筱華譯
台北，麥田出版，2001

林語堂
《生活的藝術》
The Importance of Living（英文版）
北京，外語教學與研究出版社，1998

Robins, Stephen
The Importance of Being Idle
London, Prion,2000

李漁
《閒情偶寄》
北京，作家出版社，1996

11. 喜歡朱新建，就是因為這個歪歪的茶壺和茶杯。

12. 柏林樂隊 JAZZANOVA，蕩來飄去的把音樂剪貼
　　妥當，絕不等閒。

活到老

我想我是樂瘋了。

當八十二歲高齡的鋼琴手Ruben Gonzalez被樂團的年輕樂手攙扶著緩緩移步出台前，在聚光燈下向台下樂迷揮手致意的一刹，我和身邊的一眾早已按捺不住，狂呼著起立，拚命的鼓掌，而當老先生的雙手一放在琴鍵上，剛敲出曲子開首的幾顆音，全場由屏息靜氣鴉雀無聲突然又轟雷似的再度狂熱鼓起掌來。

Buena Vista Social Club，近年處處掀起樂潮，傳奇性的古巴樂團，在德國導演溫德斯的紀錄片鏡頭下，把一眾樂手的創作，演出與生活更直接更細緻的以影像和聲音活起來。鋼琴手Ruben Gonzalez，吉他手Compay Segundo，歌手Ibrahim Ferrer和Omara Portuondo，各自都是獨當一面的藝術家，連同團中其他同樣厲害的樂手，向全世界樂迷展示的古巴音樂的多元豐富無限熱情。作為普通聽眾，我想我沒法分得出rumba，mambo，son等等音樂類型如何匯合成Salsa的節奏和曲式，也沒法尋根探源了解古巴音樂中的非洲傳統。我只知道的是，每當CD唱盤轉出BVSC的古巴音樂，更何況這晚置身音樂會場，我是馬上的被樂曲吸引被氣氛感動，音樂是如此抽象也如此真實，當我進一步了解樂手們這麼多年來面對的種種國家社會人事的變幻起伏，大情大性大喜大悲，難能可貴的是他們她們對音樂對生活的一往情深，持久的繼續熱情，此刻耳畔聽的不只是音樂，是幾十載悲歡生活的沉澱和提鍊，是對強盛生命力的讚嘆，動人心弦的是臉上堆積的歲月痕跡，都在為年齡和經歷驕傲喝采。

面對這些永不言倦的老先生老太太，作為後輩的我們絕對汗顏。嬌生慣養怕苦怕累，一味貪心卻維持不了三分鐘熱度。對人對事即用即棄，字典裡既找不著堅持，也查不出熱情這兩個字。我們大抵有的是一時衝動，恨不得身邊的都愛都佔有，緊張的是別人如何看我：外在的表面的我—— 因此努力的是減肥瘦身，運動健美，嘴裡說的堂皇為健康，但心裡求的是青春，求青春求不老是因為怕老，怕老得醜老得糊塗，怕是因為沒信心，對目前的自己已經沒信心，如何活到老？

左思右想關於年齡關於老，把這個問題帶著上路，其實答案自然明白不過在身邊——

義大利米蘭Malpensa機場，太謹慎的早到了兩小時，飛往倫敦的班機還未到。也好，就在Ettore Sottsass這位老先生的遊戲室內玩玩耍。作為國際設計壇的殿堂級人物，Sottsass以其一貫的前衛破格，經歷了許多許多「當年」，當年他作為Olivetti的設計顧問，從打字機時代到電腦時代都有簽名作；當年他領導一眾成立Studeo Alchimia以及Memphis團隊，催生了設計史上的後現代風潮，在實用功能以外強調感情和象徵意義。當年他設計了米蘭機場，室內處處皆有玩具積木風格，當年他攝影，繪畫，寫作，陶塑，鑄造…… 直至八十四高齡的今天，依然全速前進，日新又新，年年向大家展示叫人眼前一亮的設計建築創作，他的名字他的經驗他的年齡就是他的財富。他向年輕人展示的是最新鮮活潑

最青春的創造力。

就像剛剛在四月舉行完畢的米蘭傢俱大展，Sottsass也的確創作蹤跡處處：他一直鍾情於日本傳統的漆器製作，四十年前在京都小店裡買的一個上好的精緻漆盒，一直不離不棄的在身邊當作擺放日常細軟的神奇寶盒，因為他覺得這些製作極度嚴謹，花工費時的古老漆器製作技術，不僅代表了一個民族對器物的迷戀尊重，也是對美好的跨越時空的氛圍的一種渴求和保存，如今Sottsass終於有機會把他長久以來的一種崇敬變成現實，在日本漆器工場Marutomi的邀請下設計了一系列珍藏限量的高級漆器，既保持一絲不苟的製作工序，造形和物料配搭卻又是天馬行空。同時他又跟義大利金屬工作坊Serafino Zani合作，刻意重新應用漸被遺忘的傳統物料Pewter白鑞。這種金屬與鉛的合金軟硬可塑性強，最適合模製打造成各種形態的盛器，打磨完工後依然保留手感，絕非一般機製產品所能及。Sottsass以Just for Flowers為題設計出好幾個精準有如微型建築卻又帶顛覆放肆的盛器，叫這種古老的物料充滿了當代的能量。Sottsass於當下的實踐，也就是對老與不老的慎密反思和詩意詮釋吧。

旅程繼續，匆匆逗留倫敦一天，為的是看Barbican Gallery展出的Lucienne Day跟Robin Day兩位英國設計經典夫婦檔的回顧大展。八十四、八十六高齡的兩位前輩依然健在，錄影專訪中精神奕奕娓娓道出

戰後如何在蕭條中，為復興國家經濟改善
民眾生活水平，而設計出又便宜又好的日
常傢俱和家用紡織物，迄今為止，Robin
Day於一九六二年設計的可疊式塑料椅子，
在全球已售出一千四百萬張，堪稱二十世
紀最有民主精神的設計作品，而妻子
Lucienne的織物設計，更是空前成功的把
高檔藝術帶回家居日常，且影響深遠的刺
激一代又一代的後隨者。兩老以一生的功
業作示範，叫我們深思日常隨口說說的敬
老，原來真的有需要有意義。敬老，原來
就是尊重人文創意的承傳，尊重人尊重自
己。老人，也絕對不是坐守神祇地位的活
化石，就像思路依然細密，照舊有「火」
的Robin Day一直以身作則，作為英國設
計新一代的守護神，嚴厲批評沒遠見沒膽
色的英國傢俱生產商，對創意十足的新進
設計者沒有基本的支持和鼓勵，以至人才
完全流失到義大利，法國德國等積極和有
見地的設計廠商手中。這些殿堂級老將洞
悉世情又不為俗務纏身聲名負累，老得精
彩厲害。

同樣有一把年紀，同樣是與時並進，人老
心不老，活要活出一種強韌卻又釋然的態
度，活到老，原來是人間世上莫大的榮耀。

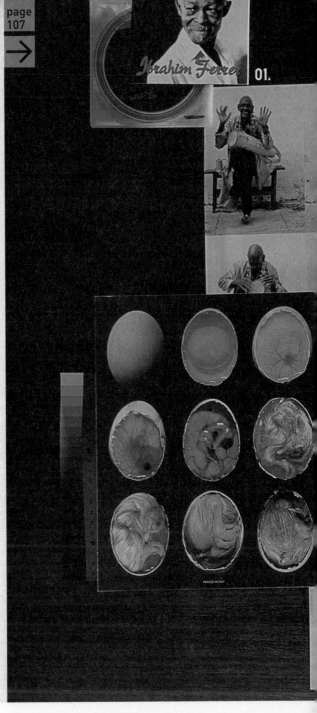

01. 活得精彩，樂在其中，老要老得如他們她們的活
    潑和優雅。

COVER INTERVIEW 創り手の再像

Ettore Sottsass

エットレ・ソットサス（建築家）

「消費文化の片隅をかつぐ
工業デザ

02.

03.

04.

05.

06.

07.

Cuba

Robin Day
Lucienne Day

PIONEERS OF CONTEMPORARY DESIGN

Barbican
8 February
Box Office
020 7638 8891
www.barbican.org.uk

BUENA
VISTA
SOCIAL
CLUB

02. 如何量度一生功過？

03. 當今世上最受尊敬的意大利設計教父，永遠年青
永遠好奇的Ettore Sottsass。

04. 英國國寶級設計夫婦檔Robin & Lucienne Day，
老當益壯，評理論事仍然火氣十足。

05. 德國導演Wim Wender一齣《樂士浮生錄》，又
再掀起了古巴爵士樂風。

06. Lucienne Day的布料紋樣設計經典，領一時風騷。

07. Colour雜誌內容時有驚喜，以美國退休老人為主題的專輯42號，老得有尊嚴。

08. Sottsass的手繪設計草圖，處處見爛漫童真。

09. 約定有天老了要穿一身漂亮的黑。

10. 我們的客家村婦也從來酷得不示弱。

延伸閱讀

Wenders, Wim and Donata
Buena Vista Social Club
London, Thames & Hudson, 2000

Colors Magazine No. 43

Sottsass, Ettore
The Curious Mr Sottsass
London, Thames & Hudson, 1996

Jackson, Lesley
**Robin & Lucienne Day :
Pioneers of Contemporary Design**
New York, Princeton Architecture Press, 2001

Buena Vista Social Club presents
Ibrahim Ferrer WCD055
Omara Portuondo WCD059
Orlando Cachaito Lope2 WCD061
Ruben Gonzalez WCD049

Compay Segundo
Lo Mejon de la Vida EW851

11. 從來沒有擁有一個錶的需要,管他老之將至。

12. 親愛的Omara,那天我在台下拍手拍得紅腫,雀躍呼喊得聲嘶力竭,只想說一句,謝謝您。

離開之後
到達之前

常常告訴自己,要離開。

說說容易,想想更是精彩,然而一切都在準備中,越仔細周詳準備,越與眼前的人事糾纏不清,笑著看著自己泥足深陷,假若有天真的可以離開,半濕半乾的泥巴應該佔體重的一半。

離開到哪裡?哪裡都可以!在那裡可以安安靜靜的讀一本書,寫幾封信(不是電郵!),吃當地的蔬果交當地的朋友,那裡當然有風有雨甚至有雪,夜裡亮了燈還有從窗外飛進來的蚊,蚊咬人,紅腫而且痛,痛過了紅腫退了,人再也不一樣了。

要離開要有勇氣,即使是一時衝動也是一種膽色,更何況是來來回回,反覆考量思索,經歷成就了個人。這樣的人其實就在身邊,相知相交,可會影響你往後的挪移?

三更半夜,印度孟買機場,毫無倦容的陌生臉孔在眼前移晃,剛抵達的我在等他,一個十年前相遇一見如故的義大利人,每次話別都笑著說將來某時某地再會,這回果然決定我起行,他在家,印度,他的第二個家。

他叫Andrea Anastasio,義大利傢俱設計圈子中頗受重視推崇的一個名字,十年前在米蘭相遇時,他的人是出奇的沉靜細緻,作品卻潑辣飛揚,那時他專注玻璃燈飾,把在印度搜集來的七色五彩靈感,回威尼斯Murano島上肆意發揮。一鳴驚人之際被意大利燈飾廠商如Artemide羅致,一季又一季推出叫好叫座的設計。

早在92年的Milano / Venezia系列，他把在印度初體驗的鮮艷厲害顏色和常規以外的形體注入設計，挑戰Murano玻璃的可能性，他在玻璃中引證，總結，衍生他的設計人生哲學—— 玻璃選擇了他的同時他在玻璃中找到自己：最熱然後最冷，最堅硬亦最脆弱，要不流暢俐落要不碎作一塌糊塗，可以渾濁可以透明，可以單調可以彩色，正正如男人，如他自己。及至99年Andrea在Design Gallery Milano發表的設計系列Ospiti，是他十年來印度行腳的精彩總結。無論是傢俱，燈飾，花瓶，首飾，都是虛實空間的遊戲，不同物料質材的相關組合，出奇不意卻又自然如呼吸，著名設計評論家Andrea Branzi認為此批作品深得印度Rationalism精緒，又與印度教的神秘主義巧妙呼應，在極其理性操控的概念裡又有千變萬化的形態，這正是Andrea手到拿來的修練成果。而在2000年初再為Artimide設計的Brezza系列，暫且放下了玻璃，研究起彩色輕紗糾纏層疊光源的效果，細緻感性的為工業量產的冰冷加添了人性的溫柔，冷靜而安穩的自己動手，信念宣言清楚不過。

其實他聰明，他遠離故鄉羅馬，也不留滯在設計是非焦點米蘭，他選擇長時間留在印度，一留便是十年。這一趟，他在孟買的一個展覽畫廊展出他近年在印度設計生產的幾十件作品，這當然就是我離家遠行來訪的藉口。

千絲萬縷情意糾結，一個義大利人選擇了印度。連帶他身邊的一眾親人朋友學生，都先先後後的離開生長原居地，向這個蘊藏豐富驚人的東方古老文明靠攏。自家的人家的文化在某個層次上相互交融碰擊，影響個人推動集體，渾然成一家。叫人迷惑而又感動的是Andrea的孿生兄弟畫家Luigi，也是百分二百印度迷。

跟他走在孟買街頭，在初春溫暖潮濕的夜霧中，好好呼吸一口印度空氣。空氣中我嘗試領受她從遠古到現代的宗教，文化，歷史氣氛感覺，努力的斷斷續續的閱讀，聽述，感受和經驗這片土地上的政治經濟社會民生現實。我企圖探究理解一個義大利創作人為什麼把他生命最重要的幾十年，還有往後的好多好多日子都安放在這裡？我沒有開口直接問他，我只暗暗希望我的短暫勾留可以明白感受。

其實當早上太陽出來，當人們由稀疏到接踵的走在街上，當大家開始流汗揩汗，當人車爭相吆喝鳴叫，當刺鼻的香料燻眼的油煙撲人而來……，我知道我已經明白，這裡迷人留人，是因為這裡有能量，一種生活的真實的人間的能量。

Andrea肆意的吸收這裡的能量，同時也懂得放下文化包袱，放下義大利的印度的文化包袱，愈認識愈了解人家的自家的文化，就更應該懂得放下；只有放下，才能活出自己，才能叫自己的設計新鮮有趣，才能把雲石，鋼，木材，玻璃，塑料，棉紗，一切道地的材料無保留無顧忌的加工

演繹，忠於原著不是他的本份，他來，是
要玩，更難得他身邊的都是好玩的，一同
玩出一種時代的精神和態度，也得活，活
在時空超速轉移的今時今日，開放靈活的
理解和實踐「家」這個既安定又流動的概
念——Andrea設計的都是傢俱家居細物，
究竟在用途上功能上價格上重量體積上，
還有美學上感官上，新鮮有趣在哪裡？他
一直在找答案提問題，向自己也向大家。

展覽設在孟買市郊一個廢置的紡織舊倉庫
改裝成的展覽場中。展覽是展覽也不只是
展覽，我們吃喝我們跳舞，這個寬大開放
的空間結構一如理想中的印度，最神聖
也最世俗，最高貴也最窮困，最黑暗也
最光亮。酒醉舞罷，夜正年青，似乎沒有
人願意離開，然而我們都知道我們畢竟要
離開，離開家離開所戀所愛離開因循守舊
離開自以為是，離開之後到達之前，當中
最珍惜的是流動的跌盪過程。

01. Andrea 92年的作品Jikan，一個混合木材，金屬
與玻璃的實驗，Memphis Extra製作。

02. 千禧年初Andrea的設計大展postindia在孟買舉行，
各方好友特地從世界各地飛來到賀。

03. 越是古老的文明，就越有現代化的發展潛力。
　　Herbert Ypma的India Modern一書，引領大家從
　　一個現代設計的角度重新認識印度。

04. 木地磨漆的檯燈Zenith，印度傳統精神意大利造
　　型演繹，造型鮮明利落。

05. 巧妙心思的再一次呈現，東西交流融和出精彩好
　　東西。

06. 千禧大展有幸赴會，怎能不跟Andrea詳談專訪。

07. 90年跟他在米蘭初相識，在一個寧靜優雅的園子
　　裡給他拍下的照片。

08. 意大利燈具名牌ARTEMIDE跟Andrea合作經年，
　　92年發表的Gorgone，是他又一次用玻璃表現印
　　度靈感。

09. 用印度當地大理石雕刻拼貼的圖案感強列的系列
　　花瓶。

10. 民族工藝店中一列排開滿天神佛，價錢也不看就
　　買下二三十隻各自不同的厲害角色。

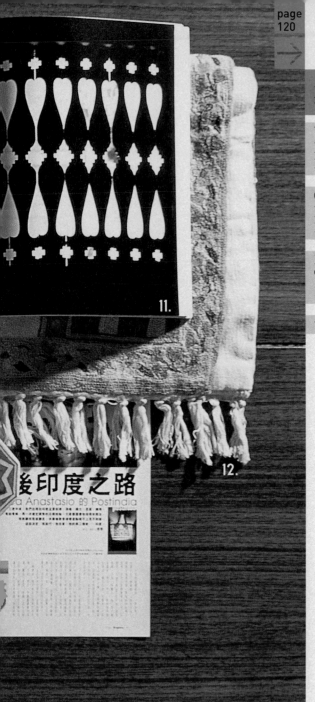

延伸閱讀

Ypma, Herbert J.M.
India Modern
London, Phaidon, 1994

(Ed)Angelika Taschen
Indian Interiors
Koln, Taschen, 1999

Lloyd, Barbara
The Colours of Southern India
London, Thames & Hudson, 1999

www.Artemide.com

11. 人處印度，抬頭轉身盡眼望去，都是傳統紋樣圖案。

12. 印度的傳統紡織物也真的叫人看得心花怒放，請多攜兩隻手提箱上路。

北京乎

一萬二千五百七十二呎高空，我閱讀面前的飛行資
料電子看板得此高度，此時，我在閱讀北京。

看書就是看書好了，叫它閱讀是重視？是焦慮？飛
往北京的途中，我是近乎貪婪的在急忙的閱讀一個
陌生的，古遠的，龐大的城／市。

北京三聯書店九二年第一版，姜德明編的《北京
乎》，是自一九一九年至一九四九年現代作家筆下
的北京種種風物人事。一九九七年復刻重印，原名
《北平旅行指南》的厚厚一本，是馬芷庠著，張恨
水審定，一九三五年版的轟動舊京的人手一本的旅
遊指南。圖文並茂，老北京《巷陌民風》，是江蘇
美術出版社叫好叫座的老城市系列中的一本熱賣，
徐城北著文，大批珍貴的舊照片由中國照片檔案館
提供。當然還有北京燕山出版社的長年暢銷書，九
二年版翁立著的《北京的胡同》；北京市旅遊局編
寫，作為導遊人員資格考試口試指定參考書的《北
京主要景點介紹》，在中央圖書館借來的，中國旅
遊出版社的《北京趣聞1000題》，刻意比較上海
和北京的楊東平著的《城市季風》，香港三聯版的
《上海人，北京人》，至於剛在上機前在書報攤買
的，售價80港元有點貴的，是北京同志故事，同名
電影原著小說《藍宇》。

我看得了那麼多嗎？倒不如說，這北京的古往今來
種種，在我決意要把渺小的自己投入其中的同時，
面前的有點沉的一本又一本，文字與圖像，是讓人
能夠迅速即食的，略知北京一二的入門（進城？）
參考。

「經過豐台以後，火車著慌，如追隨火光的蛇的急
急游行。我，停了呼吸，不能自主的被這北京的無
形的力量所吸引……在北京大學中我望見學問的門

牆，而擴大我的道德者是這莊嚴寬大的北京城。」孫福熙，一九二五年在《北京乎》一文中如此寫過。當我打的從機場進城，沿路高大得煞有介事的綠樹在冬日全變禿禿的蕭殺出一種氣派，然後堵車在路上，車窗外牆高門厚的政府機關門前警衛在刺骨寒風中照樣威武英挺的站崗，眼也不眨的已經儡人。

「蓋柿出西山，大如碗，甘如蜜，冬月食之，可解炕煤毒氣」，我在上宛藝術家村退休了的電影學院老師老邢的家裡，接過那室外零下十度冰鎮過的肥大軟滑的柿子，夫婦撕掉柿皮一口咬下去，幾乎可以發誓從此不必再吃Hagendaz。

「北京人是講究走路的。因為老北京城無論大街小巷，多是橫平豎直，所以北京人走路無法取巧，無論選擇什麼路線，到頭兒都是拐硬彎兒，比較比較也還是一樣長短。即使是這樣，北京人走路依然是有選擇的。走大街，乾淨倒是乾淨，就是亂，攪和得你不得安生。穿胡同，鞋子容易吃土，但似乎更安全，你不願意見的人或事兒，多繞一下也就『 躲過去 』了」，徐城北在《悠悠的胡同》文中，語帶相關的聊起「走路」這件事，我們這些剛到的外地人，無論如何，也只能伸手叫出租車，還是少了那些真正在地走路的經驗。但那些筆直寬大的看不見盡頭的大街，那些夜裡黑乎乎的胡同，正大光明也好注定迷路也好，我倒是極好奇極有耐性的一邊走一邊把這些街道胡同古今名稱好好的對照唸熟：曾經叫喜鵲胡同的今叫喜慶胡同，大啞巴胡同今叫大雅寶胡同，無量大人胡同卻成紅星胡同，交道口南八條和南九條分別叫板廠胡同和炒豆胡同……望文生義又刺激想像的太有意思。汪曾祺先生在《胡同文

化》一文中生動的說，「北京城像一塊大豆腐，四方四正」，這種方正不但影響了北京人的生活，也影響北京人的思想，「胡同文化是一種封閉的文化，住在胡同裡的居民大都安土重遷，不大願意搬家。」幾十年甚至好幾輩子的住下來，對物質要求不高，易於滿足！有窩頭，就知足了。大醃蘿蔔，就不錯，小醬蘿蔔，那還有甚麼說的。臭豆腐滴幾滴香油，可以待姑奶奶。蝦米皮熬白菜，嘿！一個嘿字，響亮痛快的都是京味兒，但叫我同時疑惑的，是如此知足的北京人現在還在嗎？古都城牆蕩然無存，有別如自古基本的「南北貫道通」的交通格局，現在是「東西打開」的新局面，新東西進來了，且以失控的速度在衍生在建築，《北京乎》一書中諸位文學大家學術泰斗如魯迅，冰心，周作人，胡適，俞平伯，沈從文，蕭乾，巴金，老舍，朱自清，郁達夫，梁實秋，林語堂，他們她們的北平北京如今已經面目全非，我們在字裡行間讀到的是濃得化不開的故國深情，一磚一瓦一草一木都奇妙的有深厚文化——我們站在人如潮涌的王府井街頭，卻變得正在發生的好像才有意義，從前的一切，呵，原來如此。怎樣從過去能夠一步一步的走到現在，觸目驚心，而且也著實太沉重——

從故宮三大殿北望，一排高大的辦公大樓嚴屬地遮斷通往中南海的視線；北海西岸兀立的辦公大樓隔斷了湖光山色，在它的映襯之下，五龍亭成為不倫不類的擺設；南城古老的天寧寺塔旁，比肩而立的是高達170米的熱電廠煙囪，建自遼代有七百年歷史的妙應寺山門，被一幢灰白色長方形的百貨商店所取代……楊東平在《城市季風》中觀察的城市景觀如此，更不要說十年文革為北京文物帶來的空前災難和浩劫，古代建築，各種

塑像和石刻石碑被砸被毀，駭人聽聞不忍目睹——實際上也大多看不到了。有天大清早醒過來，在旅館房間拉開窗簾下望，還是早上七點一刻，十字路口已是人車爭路，沸沸揚揚的，從遠而近有一種逼人而來的驚人能量，這就叫我更糊塗甚至在這小小的房間裡也迷失帳惘，舊與新，昔日如今未來，如何拎得起放得下。我城他城，何謂他何謂我？

從觀察城市表象再層層深入了解人，開始有身邊的哥們兒，抱膝談心，不能無酒，「北京人喝酒，豪爽之中也透著狡猾。勸酒時懂得甜言蜜語誘惑，花言巧語刺激，也懂得用豪言壯語自我抒情。最後灌得大家都朦朦朧朧地醉成一片，他自己自言自語，一直到醉醺醺倒頭一睡大家不言不語為止。」蕭復興寫北京人喝酒，是三五天就來一次的確切經歷，我對自己的酒量從來拿捏不準，反正喝少都享受，都好像更清楚（更糊塗？）的看認真身邊的人。他們她們，老北京的有，外地來久居的剛到的，半醒半醉，說什麼，怎麼說，特別逗，特有意思。也許明天各自醒來，都忘了大伙兒昨天晚上一起轟轟烈烈的說過什麼，也許一輩子都把這些交心的話記得牢牢。

毫不費力的倒是花了不到一個小時就把原名《北京故事》的同志小說《藍宇》給看完了。那天兩位來自北京的電影男主角赴台參加金馬獎，香港的那個晚上的那個飯局我沒法赴約，因為當天午後我已飛往北京——

「我要你！除非我死了，我們就一直這樣，好嗎？」捍東。
「這輩子不後悔，下輩子卻絕不這樣過。」藍宇。

01. 泱泱大都，初到北京的怎能不被北京的格局氣勢所懾住，從建築入手，是了解認識北京的一個切入點。

02. 往日的神，今日更加流行。

03. 學生時代，熬三十個小時的火車上京，為的是看看天壇，天安門，紫禁城，國子監……

04. 一貶眼便沒入歷史北京的老胡同，要看得趕快上路。

05. 長城腳下，十二位亞洲年青建築師各顯身手，在中國走得最前最大膽的地產夫婦檔張欣和潘石屹的策劃組織下，設計了風格各異的十二幢理想住房。

06. 不知怎的住進了高貴的中國會，過了一下王孫公子的癮。

07. 作為一國之都，終於有一本比較方便和像樣的城
　　市地圖。

08. 翻來掀去，兩冊《北京乎》是認識有點遙遠的舊
　　北京的最佳讀本。

09. 北京的有點污染的空氣中依然有上幾代的餘韻，
　　京劇大師梅蘭芳經典唱段是絕版珍藏首選。

10. 多年前在北京買來中華書局輯印的清末朱彝尊編
　　的《詞綜》，康熙年間的刊本影印，發思古幽情
　　必備。

延伸閱讀

姜德明編
《北京乎》（上、下）
北京，三聯書店，1992

(ed.)都築響一
Planet Mao
Tokyo, Aspect, 2002

陳光中
《風景，京城名人故居與軼事》1-5
北京，新世界出版社，2002

最新簡明《北京實用地圖冊》
北京，中國地圖出版社，2002

趙園
《北京：城與人》
北京，北京大學出版社，2002

建築雜誌055，056號
《北京Beijing2002》
台北，美兆文化，2002

翁立
《北京的胡同》
北京，北京燕山出版社，1992

徐城北
《老北京——帝都遺韻，巷陌民風，變奏前門》
南京，江蘇美術出版社，89，90，2000

崔普權
《老北京的玩樂》
北京，北京燕山出版社，1999

北京同志
《藍宇》
台北，台灣東販，2001

11. 好好學習，天天向上，有疑惑，要發問。

12. 國畫大師關良的塗鴉，絕不遜色於現在街頭年輕
    一族。

非常買賣

如果在巴黎只準我逛一家店，我會選擇不去巴黎。

拉倒就算了，我得承認我去巴黎的一千幾百個藉口當中，除了要去看看龐比度中心最近剛上檔的塗鴉祖師杜布菲的回顧大展，除了要去目黑區猶太小吃店吃他們的燒茄子沾豆醬麻醬（更順道吃香港大娘現做現炸的越南春卷！），除了要到阿拉伯世界文化中心舉頭一望再望它那攝影機鏡頭一般自動開合的回教紋樣鋁金屬大窗，除了要去那朝聖了十次以上還是感動不已的米特朗國立圖書館，除了要去把精彩圖畫漫畫書一疊一疊堆成小山高塞滿那麼幾坪的Regard Modern小書店跟老闆Frank寒喧一下，除了要在傍晚走一遍摩登花園Parc Citreon，除了要去Fnac站它聽它三個小時然後捧回一堆非洲音樂CD片，除了要去探這個那個因為這樣那樣理由要長留在巴黎的朋友，還有的是，我要去Colette。

Colette是位處Rue Saint-Honore213號的一家店，行內行外人都好像很懂的把它定位作concept shop概念店。其實老闆娘Sarah對這個稱呼很不以為然，甚至一個聽來更酷的select shop的叫法她也不喜歡，都覺得太傳統零售格局。她自家的說法有點驕傲：Colette就是Colette，甚麼也不是———Colette是一家服裝店，一家家居用品店，一家鞋店首飾店，一家美容化妝品店，一家書店一家畫廊，一家咖啡廳餐廳，Colette不是百貨公司，在它大門口落地大玻璃面前有一小塊活動塑料看板，上面寫著小小的一行：Colette, styledesignartfood。說得很清楚，就是這樣。

九月十日下午大概三點，我在Colette的閣樓小畫廊裡跟紐約塗鴉教父Futura碰個正著。他一貫的酷酷的，在一堆看來不很熟悉的手提電腦筆記本

面前吩咐他的助手在接駁線路。牆上是他的一批新畫作，電腦螢幕應該也會出現他的塗鴉，旁邊玻璃櫃陳列了他在各地檢回來的日常雜物：玩具剪刀工作證戲票汽水罐手電筒安全套，分別以紅黃藍色系一組一組的擺放展出。這個位於全店三層最高處的小小畫廊，很有象徵意味的讓藝術創作統領指導店裡的一切活動———至少我這個顧客多心這樣想。自97年5月Colette開幕以來，在這個畫廊裡舉辦過展覽的老將新秀包括有攝影師Mike Mills，RanKin，Parr Martin, Carter Smith等等經常在時裝潮流雜誌上曝光的，有街頭文化代表塗鴉宗師Futura，Kaws，WK interact，滑板繪制人Ryan Mcginness，日本設計團隊Groovisions，插畫漫畫界有法國的Jean-Philippe Delhomme，卡通牛仔Winney，日本的邪氣娃娃奈良美智，也為紐約出版設計團隊Visionaire辦過專題……這些創作人並非傳統高檔藝術小圈子的寵兒，卻與流行文化生活互動互扣，配合展覽印製發行的特刊和產品，當然是Colette擁薹珍藏的回憶紀念。

居高臨下，畫廊的右下方是一個書店空間，精選的來自世界各地的時裝，設計，音樂，藝術潮流雜誌和當下藝壇創作圈熱切議論的畫集攝影集建築設計作品專著，並排陳列。其中也經常發現獨立創作人小本經營的新雜誌和限量手工作品集，瀏連翻掀，分明在別處街頭可以買得到的雜誌你也總希望在這裡買。

正左下方是當季時裝大殿，常常看到的是一眾穿得瀟洒的黑白灰的男女繼續在看在試在買衣櫥裡鞋架上的黑白灰。時裝潮流中的顯赫大名從Gucci，Prada，Dior，Celine，YSL Rive Gauche到Helmut Lang，Jil Sander，Marc Jacobs，Junya Watanabe，Alaia到Hussein Chalayan，Viktor & Rolf，Alexander Mcqueen，不以專櫃展出，卻是精挑細選上下內外先行配搭，更常常發現暫時還記不住名字的新秀品牌。萬頭鑽動中迫不及待試穿嘗新的顧客脫下來暫放一角的衣服其實也很精采好看，時裝大殿的確有它的氛圍有它的法咒，含蓄的簡約的華貴的妖嬈的都在一眼望盡的這裡各領風騷，有賣有買旨在參與，本身就是一場沒有季節沒有賞味期限的流動的秀。

走到臨街地面一層，也就是店內最擁擠也最精采的地方。靠左有化妝品專櫃，引進紐約百年老牌Kiehl's多個系列，亦有NARS和澳洲香氛Aesop。旁邊更有每年更換主題的與顧客互動的小角落：從早期修甲的Nail Bar，理頭髮的Bumble Bar到巴黎花藝才子Christian Tortu的Flower Bar到現在寄售首飾的Precious Bar，各有份量各自精采。主樓面幾列方正的陳列矮櫃，滿滿都是大大小小家用生活設計品：從杯盤碗碟到桌椅燈飾，手電筒煙灰缸文具玩具唱片明信片，貨源之廣陳設裝置之出色，層出不窮的主題有方向有態度，足見主腦人的學養和觸覺，也絕非一般只有興趣做買賣的業者有能力制造如此魅力。作為途人每回路過，都忍不住走進來湊湊熱鬧，累了還可以到地下的廳餐和Iwater bar休息一下，這裡提供的80多種來自全世界的礦泉水，本身就是一個話題焦點。

羅浮宮旁的這條Rue St Honore，從來都歌舞繁華，是達官貴人的遊玩地，花上一整天從街頭逛到街尾，是血拼的太太小姐的慣常事。Colette主腦Sarah本來是法國流行文化雜誌Purple的編輯，心血來潮與從事時裝批發的母親，也就是Colette女士，看中了這位於長街中段的房子，決意要在巴黎眾多的零售店舖及保守的經管手法中闖出一條新路。在沒有太刻意太計算的情況下，相信自己的獨到選擇，相信顧客都要視覺的衝擊，都要有創意的消費引導，而生活本來就是連環緊扣的一個綜合體，在精兵簡政只此一家的屋簷下可以把潮流泡沫紅茶上的一層奶油舔走，畢竟是快意美事。

也就是因為巴黎，本來就集中了一批有文化修養對生活質素有超高要求的中產專業者，也經常有好一群進進出出來自世界各地的藝術家設計者創意人，Colette作為一間店，也不用考慮如何教育群眾培養顧客的眼光和口味，只要堅持原則，自然就事半功倍，成了潮流一眾的集合交流地，派對動物都爭相打聽何時Colette會有大型派對，好玩，也是Colette的經營哲學。

慶幸自己長在巴黎生活在巴黎而且衷心喜愛街頭巷尾的滿有創意的塗鴉漫畫的Sarah，直言認為要令一間店不被傳統框框限制，並非需要一個優質生意人，而是要更多更多有想像力有創意有實踐力有實驗精神的藝術家———賣有藝術買有藝術，非常消費非常生意，I shop therefore I am，隱約給來者引了路。

01. 好友邁克暫居（？）長駐（？）巴黎，性好遊蕩，有幸跟他在巴黎逛街，深深體會不買也看看的道理。

02. 不知哪來的一本巴黎舊地圖，優雅的躺在家中繁忙的書櫃裡，莫非——

03. 辭世得有點早的巴黎男人聲色樣板Serge Gainsbourg。

04. 忍不住順手牽羊的經典老牌咖啡店Cafe de Flore 的餐牌，小朋友千萬不要學我。

05. 還記得步上塞納河岸國家圖書館的原木楷梯的一 剎那，面對如四本大書的主樓以及即將進入的「森 林」，感動不已有如第一次看到新凱旋門La Defense。

06. 我愛Collete，新一代Concept Store典範。

07. 記得錯綜複雜的巴黎地下鐵，耳畔馬上響起手風
琴音。

08. 到訪Colete的私家小貼士；周日去看關了門的店
裡一群工作人員正在裝潢佈置。

09. 曾經把巴黎穿在身上。

10. 經驗裡最方便好用的巴黎城市地圖，Michelin版
本。

延伸閱讀

11. 設計團隊M/M Paris入主作設計總監後的Paris
    Vogue精彩異常。

12. 不顧體型的摯友極力推薦的Dalloyau糕餅店美味
    小泡芙，四種口味吃不停。
    地址：101, Faubourg Saint Honore, Paris。

上海，第一回

我從來都不敢跟人家說我還未到過上海。

即使是相互摸透心事的多年老友，一不小心讓他們她們知道這個事實，臉上露出的那種驚訝（甚至是不屑）以及隨之而來的狂呼怪叫，叫我活像犯了本世紀的頭等大罪。也許他們她們印象中的我，遊離浪蕩，一天到晚往外跑，到過那些這群尊貴的老友們怎樣也不會去的奇怪地方，千山萬水風塵僕僕的，怎麼竟然沒有到過上海——

這其實連我也弄不清楚，只知道當年年少氣盛，出門的首選目的地當然是倫敦，紐約，巴黎，東京，米蘭，阿姆斯特丹……在人家的都市中穿插，在人家的歷史中徘徊，匆匆經過總是容易看到人家的美和好，回家的行李滿載的都是羨慕妒忌，跟自家周遭環境現實比較起來，搖頭嘆也來不及。跟人家比博物館比歌劇院比圖書館比運動場比都市規劃比花草樹木，然後是人比人：學問素質，談吐修養，身材體格，衣式打扮，好奇心幽默感……進進出出這些國際都會，用自己的方法去認識面前這個陌生的城：不靠公車捷運，徒步慢慢走它半天又半天，舉頭看高聳入雲的或古或今屬害建築，低頭看街頭巷尾的海報，塗鴉，垃圾桶，下水道蓋子，從最貴吃到最便宜，逛最高檔和最破爛的店，泡咖啡館啃通宵書店，換一身運動服早起晨跑到公眾游泳池游泳，吃同樣超級份量的早餐翻一疊不怎麼看得明白的早報，超級市場裡買火腿買乳酪……千方百計企圖「活」在這個都市裡，努力去讓自己的感覺「真實」一點，然後忽然好像很清楚又好像很糊塗，究竟我要在一個地方待上多久才算真正認識這裡？究竟我這樣興沖沖的要去了解別的都市為的是甚麼？究竟我有沒有花同樣或更多的精神時間去認識土生土長的自己的城？

也許是已經覺察到自己其實對身處的香港也認識了

解有限，怕的是一口氣唸不出香港的方圓面積，人口數目，國民平均生產值，怕的是無從推介旺角鬧市中又傳統又創新又便宜又好的雲吞麵，所以潛意識裡就更不敢去碰上海，恐怕一旦上海驚艷，大香港意識瞬間頹倒，接而貪新棄舊移情別戀！我的學術圈好友大概會搬出身分危機甚至後殖民理論來分析解構我的處境狀態，我倒笑著跟大家解釋我是怕傳說中入口溶化的上海本幫名菜紅燒蹄膀會令我忍不住口連啖幾盤以至腰圍暴漲。

終於還是一覺在上海醒來。

完全是說走就走的在工作與工作之間的兩三天空檔中，毫無準備的就出發了。從香港到上海，兩個小時的飛機航程，就像到河內到仰光到金邊，揹包裡的高空冷氣還未散掉，人已經在新環境裡刺激興奮得哇哇叫。無論你平日是怎樣有條理有次序，一個城市要向外人炫耀展示的一切還是高速的四方八面的向你覆蓋過來。

首先是車窗外的綠，久居香港的我最汗顏的也就是市區裡街道旁貧瘠得厲害留不住養不起奢侈的綠樹，政府高官還在吵吵嚷嚷的說什麼上海在十年內超越不過香港，其實上海早就在城市綠化這一仗上贏得漂亮，更不要說弄堂外馬路旁那一排又一排飽經風雨越見茁壯的法國梧桐，至於後來讀到上海園林局古樹名木保護小組怎樣竭盡全力保護市內現存59個品種1369棵老樹，以企業認養古樹，計劃成立基金會種種方法去留住去開發都市的綠，聽來已經叫人感動。

然後是人民幣一塊五毛，一客四個的生煎包，豐裕老店的招牌小吃皮薄餡足，一吃就停不

了，再加上一大碗油豆腐細粉，叫我在上海博物館的鎮館之寶，唐朝孫位‘高逸圖’面前一邊細看一邊打飽噎，真不好意思，民間小吃也就是國寶極品，本該如是。

刻意鑽進尋常里弄，轉出來忽又是觀光勝地。我們盡地開放自己讓上海全天候全方位的進入。江晨的外灘像體操場，中午的淮海中路一貫的典雅，晚上的南京路從來人潮鼎沸，深宵的衡山路別有異國情調。當然還有叫人目瞪口呆的浦東發展區：未來得有點卡通的東方明珠廣播電視塔，野心爆棚的金茂大廈，利落壯觀的南浦大橋，氣派驚人的世紀大道……勾留上海的幾個日日夜夜，住的是二三十年代小洋房復修後的古典雅緻私人小旅館，不必多加想像已經置身那個繁華瑰麗（自甘褪一點點顏色）的老好日子，吃的是地道的又便宜又好好家常菜，嗜麵如命的我忘不了肇嘉濱路吳興路口夏麵館的蝦爆鱔背面，醇香排肉麵和羅漢淨素麵，喚作金光燦燦的玉米炸餅更是頂級麵後甜品。

還有還有是邵萬生南貨店寄售的周莊芝麻糕海苔糕綠豆糕，棉花俱樂部的意想不到的絕佳爵士樂，舊匯豐銀行拱鴉圓頂的價值連城的馬賽克壁畫，即將大熱的石庫門弄堂改建的「新天地」……那天我們探朋友，在金茂凱悅酒店的八十五樓，透過午後濃濃的白霧外望，眼前的上海虛虛實實若隱若現。在我城他城比拼得白熱化的今時今日，我們這些遊蕩型的個體戶該是抱一個怎樣的心情和態度去觀察分析上海，台北，香港？該要怎樣重新了解認識自己？在種種機會和可能性面前如何定位如何安排？登高，就是希望望得遠。

匆匆來去，來不及到母親兒時居住的順昌路

一帶走走，她口中的昔日傳奇經歷在流逝歲月中日潮封塵，換了日月天地更叫我興奮的是身邊的同一時空的新鮮有趣的人：來自台北的磨拳擦掌準備大展身手的建築師好友莫，來自廣州獨領風騷的城市畫報女總編李，來自備受各方重視的廣州廿一世紀經濟報導的市場總監陳，還有駐守上海的出刊成績驕人的上海壹周編輯徐，Elle中國版的一群漂亮女當家……都是身手矯健的行中尖子，都是有都市觸覺有打造新局面理想抱負的一群，我們坐在季風書店咖啡角落一隅，興高采烈天南地北，我們的周遭現實和我們的計劃我們的夢，這裡是上海，也不只是上海。

飛往香港的東方航空MU535班機，機上有我和身旁瞞天過海的超重行李，看不夠吃不夠聽不夠的都帶走：熊月之主編的《老上海名人名事名物大觀》，樹棻的《上海的最後舊夢》，Ernest O. Hanser的《出賣上海灘》，朱華的《上海一百年》，康燕的《解讀上海》，還有如獲至寶的一眾舊上海漫畫家的重刊單行本，阮恆輝編著連一盒卡帶的速成易學實用《自學上海話》，一大堆新刊的報刊雜誌，一條在虹橋區山西老傢俱倉庫有緣碰上的矮板凳……我當然知道認識上海沒有速成，要仔細閱讀上海，不能不讀上海文壇前輩施蟄存，劉吶鷗，穆時英，邵洵美和葉靈鳳，祖師奶奶張愛玲更是首選，還有當代的王安憶，陳丹燕……上海上海，大書一本，翻開了封頁就會瘋了的一直讀下去。

回港後我迫不及待跟我一眾身邊摯友匯報我的上海行，他們她們依舊一臉驚訝的揶揄我竟然才是第一回到上海，實在不可思議。對我回答得很安心，有了第一回，馬上會有第二第三回，往後的機會多著多著。

01. 上海的夜，總有那麼一點虛幻的躁動與不安。

02. 老老實實，上海的一天從飽肚的粢飯開始。

03. 一個惹人閑話的城市，流言蜚語最精彩。

04. 外祖父母當年的流金歲月，如今是泛黃的平面回
　　憶。

05. 石庫門弄堂民居是上海獨特時代建築產物，如今
　　一躍變種新天地。

06. 來，怎能不喝碗熱騰騰的豆漿。

07. 上海摩登，摩登上海，這等書名似乎已經是暢銷熱賣的保證。

08. 難忘餡多湯滿的生煎包，一口氣來他十個八個。

09. 真的要學上海話嗎？真的要用上海話跟上海人吵架嗎？

10. 上海是中國漫畫大本營，三四十年代是國際都會級黃金高峰期！

延伸閱讀

李歐梵
《上海摩登》
香港，Oxford University Press，2000

郭建英繪，陳子善編
《上海摩登》
桂林，廣西師範大學出版社，2001

海野弘
《上海摩登》
東京，冬樹社，1985

梁白波
《蜜蜂小姐》
濟南，山東畫報出版社，1998

棉棉
《你的黑夜我的白天》
台北，未來書城，2001

王安憶
《尋找上海》
上海，學林出版社，2001

登琨艷
《台北心上海情》
台北，九歌出版社，1993

楊嘉祐
《上海老房子的故事》
上海，上海人民出版社，1999

11. 日新月異上海走不完，寫上海的書更加看不完。

12. 風花雪月始終是上海的一個賣點。

從有到無

那個半夜的那一通電話，現在回想起來還是那麼恐慌。

說起來真的會被你笑罵大驚小怪，沒辦法，我的身邊團團圍住就是這麼一堆敏感的情緒不穩的男女——例如某君在柏林買到一張溫柔得不得了的三十年代土耳其男歌手Ibrahim Ozgur唱的探戈唱片，電話的那一端就馬上越洋傳來三分二十五秒的美妙曲子更加上讚美的感激的通話二十分鐘，例如某女生會在晨早中午或者傍晚打通我的手機問我今天吃了什麼早餐會準備什麼午餐和晚上打算吃什麼晚餐，這也是藉口而已，最重要的是向我「匯報」她的三成熟牛排配自家烤的芥末子麵包早餐，一個人蒸一尾超重石斑作午飯和自家廚房為什麼花了二年還未裝修得合心意……

那個晚上也就在睡夢中被吵醒了，一把聽得出有點抖顫的女聲劈頭就說：「明天，明天得趕快去入貨，無印，無印良品要關門了。」這真的是晴天霹靂，難怪如此氣急敗壞，我還才剛把我的日常筆記格式完全統一用無印良品的系列，理所當然的打算用它一生一世，如果沒有了這些本子，我該怎樣活下去？接著來的三數個小時，這個消息肯定被渲染誇張的以訛傳訛的傳遍一眾友好，說不定是多少個人的淒風慘雨的不眠之夜。

有這麼厲害嗎？有，這是無印良品的厲害。時為九八年十二月，二進二出香港零售市場的屬於日本株式會社西友的家居生活品牌無印良品，突然宣佈要「暫時」結束亞洲地區的零售經營，同時在三個星期內關閉星加坡和香港的大小店舖，理由是集團決定重整資金，主攻歐洲市場——這是

人家的經營策略其實就由人家隨便解釋吧，作為卑微的消費群眾的我們卻突然有被遺棄的感覺，舊愛說要走就走，留下的是結業前的瘋狂清貨的災難性擁擠場面。

這樣的不堪我當然不會成為貪便宜的一份子，告訴自己要有尊嚴的寧可找個藉口飛到日本入貨，即使兜一個圈在倫敦在巴黎也買得正經光彩。之後有小商販自行進口水貨在香港小本經營，我等不屑此行為者約定誓不進去以免觸景傷情。

無印良品的厲害，在於它幾乎成為一種宗教且有無數虔誠信眾如當中的一個我。當然說穿了這也是一個商業包裝：無印良品標榜以無名無姓的簡單產品與名牌設計師的所謂簽名作產品抗衡，它本身也因此成為了新一代的名牌。早於一九八〇年，株式會社西友的總裁堤清二就有此洞悉，與身邊好友如平面設計師田中一光，小池一子，建築師杉本貴志，時裝設計師天野勝談起當前零售業市場上一味追逐名牌包裝極盡奢華的不健康現象，有志生產一系列簡化包裝，小心選擇製作原料，且令生產流程盡量自然暢順，不為統一規格而作無謂篩選的家居日常生活產品。這個概念先行的包裝本來只打算只在西友，西武百貨店及Family Mart內作為內部營運的私家品牌，怎知小試牛刀，九種家居用品及三十一種食物都大受歡迎，成功的打響第一炮。此後八年間，除了貨種開發至一千三百多種之外，更積極的提倡和引進以天然素材為主的生產物料，在世界各地設立當

地的生產線，更於八九年正式成立良品計劃株式會社，在日本全國不斷有無印專門店的出現，海外先行部隊也首次登陸香港，成功的簡約風格領先潮流，大抵當時潮流圈中還沒有人把簡約兩個字掛在咀邊。

值得一提的是，歷年來掛在無印良品店堂裡的宣傳廣告，都是絕對值得收藏的精彩作品，簡單直接的傳達了無印概念：81年的漫畫爬行嬰兒代表了沒有包裝的率真可愛，「愛是不需要修飾的」，接著最為人津津樂道是不要浪費頭和尾的三文魚概念，這與無印一向奉行的節約物料的做法相互呼應，還有一張叫我印象深刻的，是一疊像紙張一樣的棕黑色板塊的硬照，原來是發了酵的壓榨過的鼓油乾塊，照片中的主角是「廢物」，但也就是由它久經時間浸淫才能得出的好味道，這種返歸產品背後的真像，直接闡明無印良品的生產哲學，也是在一群堅守共同信念的廣告創作高手的努力下，成功有效的向消費群眾傳達了簡單明確的信息。

以日本人一向產品行銷動作的聰明和細緻，無印良品在國內國外的推廣也是多層面的，除了直接在寬大明亮的店面內最直接的陳列銷售其風格統一的各類生活雜貨，更強烈叫人感覺到這個環境裡面的乾淨利落的顏色形狀和質材都在銷售一種生活態度，而這種生活態度需要大家的參與——去年在倫敦Tottingham Court Road的兩層旗艦店裡，我就看過一個良品大賞的作品展。這個不定期的產品設計比賽吸引了歐洲產

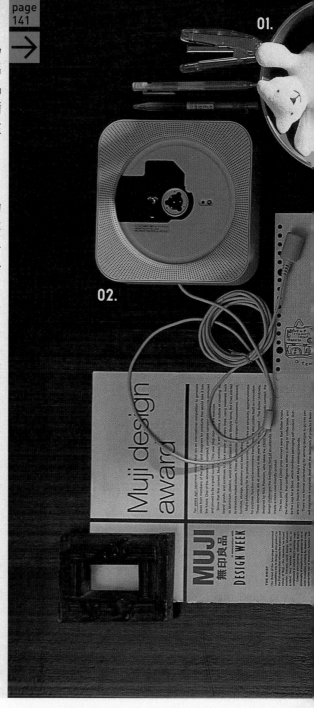

品設計的新秀精英，以無印的生活背景為設計方向，用簡單材料，低成本的開發出又便宜又好的新產品。去年得獎冠軍作品並即將投入生產的，是一把從旁摺開的雨傘，裙邊用的是軟物料，不易傷人，側在一邊的傘柄可令攜帶者有更多避雨的空間。此外還有各式可以摺疊伸縮的桌椅，燈光，餐具，拖鞋，不用左纏右轉打結的領帶，女生方便實用的指甲塗筆，連塑料刀插的廚房砧板……都是日常生活的必需，都不是高檔神聖的消費品。無印精神作為另一種日本文化風尚，很為歐洲的新一代消費群受落歡迎。

轉了一個圈，在名古屋的無印良品新開三層三萬呎旗艦店內，喜見嬰兒系列的產品登場。從二十年前無印剛成立至今，一群被「培養」出來的無印孩子也到了生兒育女的人生階段，應有盡有的產品中最叫我興奮的是一系列用瓦通紙皮可以拼合變化的大型積木結構，還有天然未經漂染純綿做的會叫的布熊布兔，在這個純正天然的無印世界裡，大抵每個人都願意是無污染的小Baby。

從無到有，從有到無，這是我們這一代在消費爆炸名牌泛濫當中出生入死掙扎昇華的集體私家體會。劫後僅存者有幸定一定神，才知道其實真正的簡單乾淨是何等美好，這也是我們被無印良品一擊即中，永遠忠誠的主要原因。在無印良品重新登陸香港之際，忽然想起的是過去那些平凡細碎的追求良品享受無印的尋常日子。

01. 無印新寵，有兔有熊好像還有猴，搖起來還會響。

02. 酷得厲害有如裝置藝術的一個掛牆鐳射唱盤。

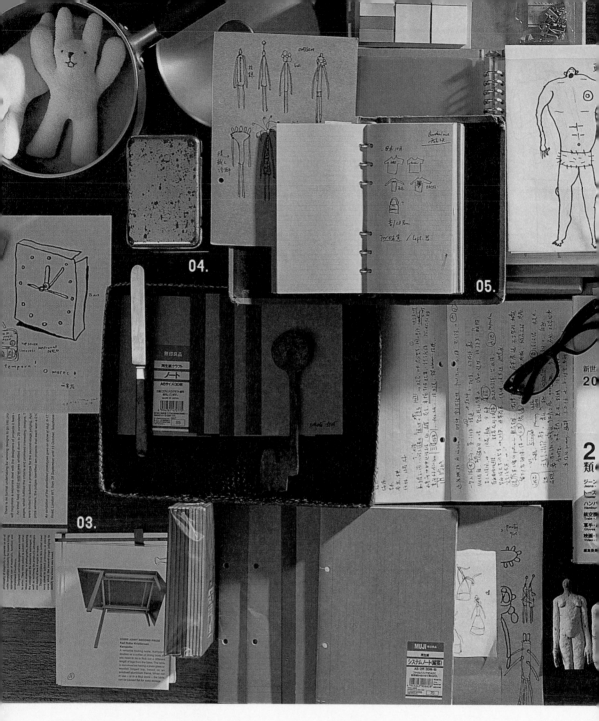

03. 無印設計大賞，各路英雄紛紛絞盡腦汁獻計。

04. 用得有點日子的無印貨色，斑駁味道更好。

05. 如果沒有你，日常生活思緒不知如何紀錄。

06. 一年四季的無印目錄自當也在搜羅收藏之列。

07. 千禧年無印獻禮，回顧20世紀的生活設計良品，非一般的目錄。

08. 為大家解決儲物的頭痛，無印最多小道具。

09. 無印店堂，總是一目了然貨區分明，貫徹其生活理念。

10. 牛皮紙購物袋的選用，本身就是一個宣言。

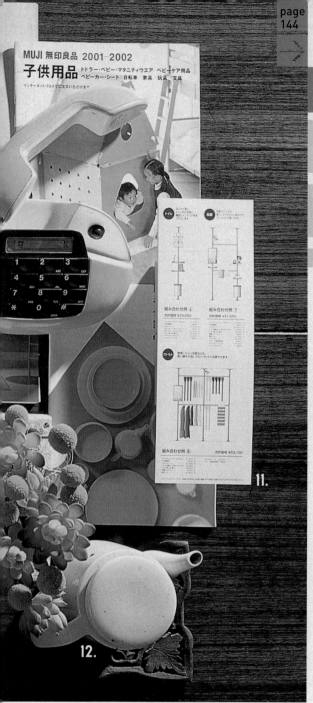

延伸閱讀

Redhead, David
Products of our Time
Basel, Birkhauser, 2000

川上嘉瑞編
《20世紀之良品》
東京，株式會社良品計畫

www.muji.net

11. 2002年秋冬新產貯物架，大熱大賣。

12. no-name也是名牌，無印良品最懂。

出賣越南？

攝氏三十八度高溫，我流著汗，在半露天的陽台上籐躺椅中，迷迷糊糊的睡著了。

這是一個典型的炎夏的越南午後，人聲車聲依然以高八度的尖聲在叫鬧，而且沒有因為我的睡意漸濃而模糊淡化，反是更強猛的深刻入聽覺，彷彿要我把這些我本就聽不懂的言語笑罵和貨車摩托車三輪車自行車的按聲鈴聲給牢牢記住。我也不明白自己為什麼不在一窗之隔的冷氣間裡乘涼，卻有如此的「衝動」推開一扇回紋如意透雕木門，半臥半躺在陽台上鳥籠下的籐椅中，骨碌碌喝的一杯香茅冰茶大抵都全變做汗，汩汩的流出來了。然後竟然就像我在街上看到的男女老少一樣，隨時隨地，在樹下在馬路邊在貨車底，就此躺下睡去。是否這就代表我真的就可以融入（溶入？）這裡的環境和天氣，過一點「像」越南的日常？

實在太熱，不可能有太完整太舒服的夢，我一身濕淋淋的醒過來，還是回到冷氣間裡，向笑容可掬英語流利身穿貼身剪裁的傳統衫長(aodai)的服務員再要了一杯冰茶，這時空氣中飄蕩著的是蔡琴翻唱的經典老歌「神秘女郎」。

這裡是我的法國好友Luc在胡志明市經營的一家會所，取名'Temple Club'。座落於鬧市中心旁的Ton That Thiep橫街上。開業大半年，已經成為高檔遊客必到重點——因為這裡從地面進門有窄窄三十呎燭光長廊，幽暗盡頭有金佛端坐更有木樓梯引路更上層樓，推開仿古的典雅木雕大門進入會所室內，眼前都是過去大戶人家的豪華居室格局。有完完全全的明朝傢具擺設式樣，有法國Art Deco風潮影響下的西式厚重皮沙發，有一

牆穿著官服的列祖列宗的彩繪和金漆牌匾對聯，意大利文藝復興式樣天花圍邊線下的牆身有土黃有赭紅有孔雀綠，香煙仕女月份牌下有將開未開的美得不真實的一大把荷花。本來是印度教宇廟產業的破爛老房子搖搖欲墜，機緣巧合Luc一次走進這裡忽然眼前一亮，Temple Club的基本概念在半小時裡成形。

其實我這個法國好友本身也是個小小傳奇（每一個在異地居住十五年或以上的異鄉人都是傳奇主角？），他是家中唯一一個肯聽外祖父在老家閣樓一次又一次重覆二、三十年代在中國作駐守海軍將領的故事，一疊舊照片一隻藍花碗都叫Luc好奇神往。遙遠的東方國度究竟有什麼在等待他？他說不清楚。他輕鬆的說起十九歲時候在巴黎跟一個日本政要的千金認真的訂婚，然後才開始受不了對方的依順和體貼，他狠心的一走了之，女生現在在美國做了尼姑。他從這段短暫的異國情緣逃了出來，怎知卻開始了往後東進的不歸路。他唸的是法律，先後在華盛頓在羅馬都工作過，輾轉到了越南，就知道再也離不開，一留就是整整十年。

從律師專業逃了出來，Luc開始和友人拍檔開始了古董陳設和仿古傢具的設計生產，以Nguyen Freres「阮氏兄弟」為店名，在胡志明市在巴黎都有辦公室有門市。我忘了正式求証他為什麼會用上阮氏大姓，當然故國阮朝他不可能不知胡志明本來也姓阮，本名阮必成，別名阮愛國。

阮氏兄弟的生意範圍越做越大（大得其中一位越南拍檔強佔去了某部份店面和貨！），很多歐洲的日本的顧客都看上Luc與拍檔刻意營造的不一樣的越南古典氛圍。當Luc給我看日本版Figaro的一輯越南遊蹤Temple Club專訪，特意邀來英國設計壇教父Terence Conran閒躺於酒吧間的紫紅沙發中，一臉悠然羨賞神色，我就知道，Luc是成功了。

我實在不很願意引經據典的搬出一堆殖民新殖民後殖民主義理論來分析我的好友Luc，以及他這些年來在越南一步一步走過來的經歷。書上說的殖民者與被殖民者之間存在的一種矛盾的共生的相互依賴的關係，其實是否Luc依戀留駐這裡的宿命原因？在一身臭汗乾得差不多，一口冰茶飲下，在市聲和人聲也逐漸曚矓消散，在太舒服的沙發裡坐得好好之際，我們還有多願意再考究百粵與百越是否只是叫法的不一樣？漢武帝時期趙佗征服越南改名交趾的那一段算不算是殖民前史？然後是千百年來與中國歷代皇朝的紛爭糾纏，及至1885年中法戰爭結束順化條約後全面陷入殖民統治，還有那叫全球震撼關注的影響深遠越戰，新時期新經濟下種種商機危機，於我們這群偶爾在人家門前路過的遊人實在有何干？我們只知道，一切過去點滴其實如今都有價，都被人用各種不同方法包裝來出賣。遠的懷一點舊多一份典雅浪漫，近的多一回敏感爭議添一點刺激。

在越南的幾個日日夜夜，在Luc的安排介

紹下，我們到過近年新冒起的各類型設計
工作室；有年近半百塗著血色口紅的法國
女子指揮著一群本地員工，設計製作一批
又一批直銷歐美的摩登漆器木器籐器，以
廉宜卻又精細的手工在國際家用飾品市場
上競爭。也有越南土生土長的政府高幹女
兒，以國營服式機關之名，一方面建立自
己的高檔品牌，把少數民族的織錦刺繡和
傳統衫長式樣成功的應用到時尚剪裁當中，
專攻國外市場，亦同時推出面向本地年青
人市場的休閒服，不失民族特色，我們也
被幾乎迷路的計程車司機帶到近郊的一所
玻璃廠，在高矮厚薄參差的玻璃樣品堆中
驚喜不已的發現翻版仿製的一流極品。我
們在路上蹓躂兜轉，總會走進那些成行成
市的工藝品店服飾店，店主以同樣的貨色
同樣的熱情殷勤招徠遊客。這是他們她們
理直氣壯的營生，誰在鑽空投機取巧？誰
在發揚傳統文化？在這個酷熱炎夏的大太
陽底下，誰有資格為誰扣一頂什麼後殖民
主義的帽子？

離開胡志明市的那一個早上，Luc趕個早來
送行，和我們在酒店的餐廳喝杯茶。由於他
不是房客，他喝的那杯茶和吃的那個新月可
頌被侍應決定要收一個完整的早餐價格。
Luc一看賬單，火了馬上用他有頗重法國腔
的英語跟櫃檯小姐理論，更揚言要直接見值
班經理。對方公事公辦慢條斯理的，Luc急
了，開始用他自認為還是講得不夠好的越南
話開始了一段我們聽不懂的對話，一眾侍應
從剛才的強硬馬上轉化為通融帶笑，我站在
一旁看，似乎又看懂了一些什麼。

01. 懷疑自己究竟是喜歡吃越南的河粉還是喜歡吃生
的薄荷葉和九層塔，往碗裡添完又加的都是一堆
葉子。

02. 河內逛街，發現一間叫做「花開富貴」的家居工
藝小鋪，刺繡精彩得厲害。

03. 印刷得有點粗糙的紙面具，嚇壞小朋友。

04. 越南傳統女服模特分明都是瘦身纖體代言人。

05. 資深戰地記者Tim Page視越南為第二個家，鏡頭
　　下記錄了二十世紀的戰爭與和平。

06. 戰火後僅存的少數古老建築，值得一看。

07. 古芝地道是當年越共反攻突圍美軍的戰地要塞，
　　鑽進去走一小段卻叫我差點缺氧窒息。

08. 法國境外能夠吃到最好的法式長麵包，看來就在
　　越南。

09. 所有越南電影必定有一幕荷花池月下泛舟，趕快
　　也來湊湊興！

10. 經濟起飛，先來玩一局環遊世界的跳棋遊戲。

延伸閱讀

Storey, Robert・Robinson, Daniel
Vietnam
Australia, Lonely Planet, 1997

賀聖達
《東南亞文化發展史》
昆明，雲南人民出版社，1996

Muller, Karin
《順風車遊越南》
鄧秋蓉 譯
台北，馬可孛羅，2001

Page, Tim
Mid-term Report
London, Thames and Hudson, 1995

Marguerite Duras
《來自中國北方的情人》
沈陽，春風文藝出版社，2000

克里斯蒂安娜・布洛——拉巴雷爾
《杜拉斯傳》
徐和瑾 譯
桂林，漓江出版社，1999

11. 地大物博，臥虎藏龍，小小手工藝金屬精品，分明是微型雕塑。

12. 酷愛薄荷葉九層塔，怎能冷落了香茅Lemongrass。

睡，在路上

醒過來，清晨三點二十八分。

我躺在一張6呎x8呎的標準雙人床上，白的棉布床單白的枕套白被單套著薄毯，微微泛著一種帶森林氣息的皂液的香味。床的靠背以至床底的框架，裏貼的絲絨布已經（故意？）褪色，紋樣是帶一點東方十八世紀情調的花鳥，床的兩側是兩個式樣不一樣的矮几，說不清年份，反正是在傢俱跳蚤市場會碰上會喜歡的那種。床頭檯燈小小的，圓錐形燈罩，黑鐵皮外殼，五〇年代流行。床前左方有一銅質小圓桌，六根銅管做成三隻腳，銅管與銅管之間嵌進金屬球，很明顯的維也納世代初seccesion式樣。桌上放了一隻沒有遙控年代的塑料外殼飛利浦小電視。床的右方再過去一桌兩椅，八角形桌面，螺旋柱狀四腳支撐，是典型的德國民間傳統木工，至於兩張椅，高靠背，染了深棕色的牛皮用銅釘拉得緊緊的，裏住椅背椅墊。木椅的框架還有粗略的雕花，配搭起來也乾淨利落。

然後抬頭，一盞應該有上百年歷史的重型銅鑄吊燈浮在半空。主燈頭座伸出五臂，不知是花托還是野獸的腳，六個該亮的燈泡壞了三個，依然很亮，叫一色刷白的四壁，天花，十二呎窗紗窗框以至暖爐雕花圍板，都顯得更雪白，跟沒有刻意上油打磨的有點衰老的淡棕色木地板，不經意的故意在一起。

這是抵達柏林的第一個半夜，在公事與公事之間偷出幾天，為了走走這個十一年前路經了一天(!?)的都市。窗外的柏林看來熟睡了，室內的我卻全無睡意，難得躺在床上，也只能躺在床上。

瞪眼望著白牆上唯一的小小一幅黑白照片，光著屁股反鎖鐵手扣的肌肉男背向著我，這是羅馬某個同志sex club的宣傳海報，也就是我身處的這家應該很著名的叫做Tom的同志小旅館的房間走廊牆上眾多色情張貼之一，當然主題還是同志插畫老將Tom Of Finland的超猛震撼肉慾圖像，10呎x15呎放大了就在咖啡間的主牆上。

說來好笑，本來通過網上訂房，我應該入住的是樓下另一間同樣便宜的pension旅館，當我把重得離譜的行李勉強搬上二樓，旅館女主人一頭蓬鬆來應門，用我完全不懂的德文大概跟我解釋了弄錯了沒有房讓我替你安排不用擔心請跟我來諸如此類，然後就交給我一串門匙帶我多走一層到了這家同樣是她經營的「主題」客棧。

人在路上，累了，要找一個睡覺的地方。曾幾何時學生年代在北美遊蕩，可以刁鑽的計算好一個星期有五天都睡在灰狗長途巴士上，為的是省下投宿的錢，多看一個博物館多買一兩本書。後來開始工作開始有收入，路上寧願吃得好一點以治療嘴饞，對旅館的要求也只是一舖乾淨的床，還要有窗。住得太賤，我從來不知道正價旅館在收一個怎樣的價錢，對歷史悠久高貴豪華的老牌旅店完全沒有感覺。

直至有了所謂Design Hotel，怪罪的也就是始作俑者法國設計胖子Phillippe Starck和背後老闆娛樂餐飲旅館業怪傑Ian Schrager——其實早在85年Ian Schrager已經請來

法國設計大姐大Andre Putman在紐約弄了精緻的小旅店Morgans，但也是夥同Starck之後，人氣運氣，合作的Paramount於90年開業，裡裡外外由大堂桌椅到房間床櫃到浴室牙刷，全都是如日中天的Starck一手設計，走進Paramount住下來，就像活在Starck的產品陳列室一樣。適逢90年代大家口邊掛的都是設計設計設計兩個字，本來路上勾留作息的旅店，大堂永遠亮起聚光燈：Lobby Socializing，看與被看，不亦樂乎。

從自家掏腰包到了用公費甚至有贊助邀請，我也是這樣開始混進了Design Hotel的大門：紐約的W系旅館，倫敦的One Aldwych，The Hempel，瑞士疏森的The Hotel，曼谷的The Sukhothai，東京的Park Hyatt，上海的金茂，台北的國聯，台北商旅……不管價錢的住進去，在公關經理的引領下從總統套房參觀到廚房，半夜摸黑回來大堂經理清楚叫得出你的名字，然後進房頹倒床上，在眾多設計經典的包圍下沉沉睡去，我幸運，躺在哪個地方哪張床上，都很會睡。

當你在這些Design Hotel的房間裡睜眼醒來，的確是會花神鑑證一下面前的床褥桌椅，浴室水龍頭手把以至各種裝修細節，是否跟你已經在二十本爭相報導的生活潮流雜誌上看到的專題訪問圖文對照乎合，然後你開始又安心又懊惱的是為甚麼離家千里，還是會回到毫不陌生的「設計」環境當中？如果你的行李箱還有空位，大可

以把面前喜歡的毛巾浴簾酒杯托盆以至鬧鐘搬回家,提醒你,比較正式的合法的是要到樓下櫃檯跟小姐認購——把旅館帶回家,是一個前衛的生活的藝術概念抑或一樁現買現賣?

無意否認這些設計旅館的裝潢意念和手工質素,上帝就在細節當中,前輩大師如是說,也肯定你會在這些旅館房間裡碰上一大群上帝。但我還是犯賤,還是寧願在路上住進那些沒甚麼設計師照顧的沒星星小旅館,帶不走(或不願帶走)的破舊傢俱,關不牢的窗,會叫的木地板,⋯⋯在這些房間這張陌生的床上睡去,明早起來離開,至少我知道,可以帶走的是有感覺的回憶。

至於誤闖一家同志旅館,明早睡醒過來會否就變成同志?就跟住進設計旅店,明早起來會否對身邊的設計更加了解認識一樣,無聊的問題,得找一個更無聊的答案。

01.

02.

01. 不可能帶一鋪床上路,但帶一個枕頭,又或者只是一個枕頭套也不太過份吧!

02. 你還寫信嗎?請替我搜集各地旅館的信紙!

03. 日本流行雜誌Brutus一年半載便來一趟全球Design
    Hotel巡禮，新一代浪遊人必讀。

04. 入住設計師酒店當然就要留意細節，包括洗髮乳
    的瓶子設計。

05. 當低調簡約成為收費高昂的藉口，你可真要仔細
    想一想其中意義。

06. 生平嗜好之一：收集各地大小旅館提供的輕便拖
    鞋。

07. 潮流觸覺厲害的Herbert Ypma，一系列設計酒店巡禮特集全球熱賣。

08. W系商務酒店是jetsetter的至愛首選。

09. 瑞士山區小鎮Vals溫泉小旅館，建築大師Peter Zumthor的石室浴池叫人驚艷。

10. 總希望有機會在紐約住住傳奇的the Chelsea Hotel。當年的住客名單包括Janis Joplin, Bob Dylan, Andy Warhol, Leonard Cohen, William Burroughs……

延伸閱讀

Ypma, Herbert
Hip Hotel-City
London, Thames & Hudson, 2000

Ypma, Herbert
Hip Hotel-Escape
London, Thames & Hudson, 2000

Albrecht, Donald
New Hotel for Global Nomads
New York, Copper-Hewitt Museum, 2002

(Ed.) Simone Philippi
Starck
Koln, Taschen, 1996

Eco, Umberto
How to travel with a salmon
London, Minerva, 1994

卡爾維諾，伊塔羅
《如果在冬夜，一個旅人》
吳潛誠 校譯
台北，時報出版，1993

Leed, Eric. J.
The mind of the Traveler
New York, Basicbooks, 1991

www.WiredHotelier.com

11. 不知怎的，總是要帶自家牙膏牙刷上路。

12. 被招待入住過當年剛開幕的One Aldwych London，
　　高貴得躺在軟軟床上十八小時。

情迷白T

有一天夜裡，我們談到死。

「死的方法有很多種，不對，也許不是方法，」他說，「各種各式奇形怪狀的病，暴烈的倉猝的意外，都不由我們選擇——唯一可以事先安排選擇的，只是葬禮的儀式：放一點什麼輕鬆的音樂，約好誰來隨便聊聊死者生前的糊塗，找一個乾淨利落不那麼俗氣的地方……」

「誰來替我設計一個比較簡單沒有厚厚光漆沒有雕花圖案的棺木？」她問。

「拜託拜託」我跟大家說，「請給先走了的我穿上一件白T恤，夏天穿短袖，冬天怕冷，長袖的我衣櫥裡有很多。」

白T恤，不離不棄，從一而終。

64年的一個夏夜，東京市內某個室內高爾夫球練習場，上百個下了班的白領脫掉他們的白恤衫（短袖！）穿的是清一色的白短袖T恤或者背心，姿勢或正確或錯誤的在揮舞手中的球桿。

51年的《慾望號街車》電影版，年青力壯的馬龍白蘭度一身肌肉，白T恤裹身，胸口明顯有汗，一如壓抑不住的南方的潮濕的夜。

同樣經典的劇照，《阿飛正傳》裡的詹姆斯·迪思脫下黑色皮夾克，還是穿一件圓領白T恤。

79年古巴首領卡斯特羅在聯合國會議期間在某個休息室，一口啣著雪茄一手提著印著鮮紅大字 I Love N.Y.的白T恤。

63年行刺美國總統甘尼迪的兇徒L. H. Oswald在被捕後提訊前一直都穿著白T恤。

超級名模Linda Evangelista一身累贅的不菲的Chanel銀首飾，襯底的還是貼身的Chanel天價白T恤，Kate Moss瘦小的身軀脫掉了CK的迷你白T更見嬌柔。

運動場中不知名的年輕選手追趕跑跳，露天音樂會瘋狂樂迷渾身濕透，對面馬路走過來的一對少年男女長得並不格外漂亮但卻令人十分舒服，都是因為穿了白T恤。

白T恤，毫不神秘，卻就是這麼神奇。

源起自1913年美國海軍的一個決定，把一批圓領短袖，白棉布剪裁合身的內衣發給艦上的水手，目的是統一的整潔的「蓋掩」一下這群大兄胸口叢生的胸毛——這個言之鑿鑿的解釋其實有點匪夷所思，但這傳說中的白T恤的原型很快就被各路海陸空軍接納並大受歡迎，第一次世界大戰的濕冷的戰壕中，純棉的或者混有羊毛的白T恤，短袖或者長袖，是最貼身的一種來自故鄉的溫暖。

在把面前這一件簡單舒服的乾淨白T恤不加思索的穿在身上的時候，不會想到這件「戰衣」竟然在出現之後的整整一百年來，越戰越饒勇吧。

即使大部份人都只把它當一件內衣，但有心之士卻不斷為它賦予新的意義，締造越界神話。

肉體崇拜者當然一馬當先的把白T恤視作「第二皮膚」，男體女體玲瓏浮突筋肉暴漲完全在白T恤之下合法的一覽無遺，比脫光了更加有張力更加挑逗，清潔的性感有更大的想像空間，所以一眾聰明的攝影師和形象指導一定為他們她們的星級客戶深思熟慮（其實也簡單不過）的製作一張又一張的必殺經典照———攝影界大姐大Annie Leibovitz就先後為尊特拉華達拍過V領白T恤牛仔褲牛仔帽的城市牛郎造型，為奧運美國游泳選手Anita Nall拍過穿著寬鬆白T恤半浮半沉在水中的「泳裝」照，為美國搖滾大哥Bruce Springsteen拍過在放大幾百倍的美國國旗前抱持結他騰飛的愛國得不得了的宣傳照，穿的自然也是白T恤牛仔褲。最熱衷拍男體裸照的美國攝影師Herb Ritts在替影后Julia Roberts拍宣傳照的時候，給她一套男裝純綿白T恤三角內褲，還把她扔進水裡渾身濕透，老友Kim Basinger獲得稍好的對待，得到超大尺碼鬆身白T恤當裙子穿，還可以配一大串珠鍊。一眾肌肉猛男如史塔龍，阿諾史瓦辛格，Antonio Banderas等等更心甘情願的穿過無數貼身的，濕透的，撕破的白T恤白背心，偶像崇拜／性／白T恤早已三位一體。

不過必需強調的，也就是白T恤所以神奇之所在：它來自軍隊，然後深入民間。本就沒有什麼高檔低檔之分，很容易很成功的超越了男女界別，階級鴻溝，人人都可

而再一次認識自己的身體，再來決定要不要為了把白T恤穿得好看一點而努力改變一下自己的體態，又或者用各款各式的白T恤變奏來配合自己的身體：大圓領，小圓領，V領，貼身，寬身，超短露肚臍，超大碼滑板Hip Hop類，長袖，中袖，無袖，………

如果有心再多走一步，也不妨追溯一下白T恤以及其弟兄姊妹何時從西方傳入中土，如何成為我們理所當然的日常衣物，也許我們就會更留意原來毛澤東，蔣介石，魯迅，老舍，甚至梅蘭芳也說不定有他們的T恤／汗衫照，我們的領袖我們的偶像，也跟我們有同樣的需要。

自白T恤始，無數五顏六色版本，眾多圖案的文字的變化，T恤明顯是成衣製造業者，平面設計師，流行文化研究學者，廣告商，影視娛樂媒體中人以及把T恤穿在身上的我們的一個跨界別的生意／生活焦點，種種變奏足以寫幾萬字論文。而事實上，我的堆疊得已經完全沒有一絲空隙的其實不小的衣櫃中，有的是數十件多年來買買買還未折封的白T恤，更未把正在「服役」的二十多件計算在內。酷愛白T恤而且經常以白T恤出場見人的時裝大師Girogio Armani說過，他每天起床第一件穿上的是一件白T恤，每天夜裡最後一件脫下的也是白T恤，不錯，看看何時送他一件85年版的佐丹奴。

01.

01. 忘了從什麼時候開始，白T恤成了日日夜夜唯一的選擇。

02. 《慾望號街車》的經典劇照，馬龍白蘭度的「汗」 衫其實是花灰顏色。

03. 薄薄一層白棉紗下面是對身體的好奇和慾望。

04. 超人制服如果換了貼身白T恤，會否更酷更性感？

05. 值得大書特書，白T恤迷倒一代又一代潮流中人。

06. 長袖白T恤的穿法，千變萬化都好看。

07. YMCA，可口可樂，白T恤……

08. 自家衣櫃中白T恤藏品看來超過三四十件佐丹奴
　　出品。

09. 穿或者不穿，其實是你自己的選擇。

10. 同志出櫃，T恤是示威的戰衣。

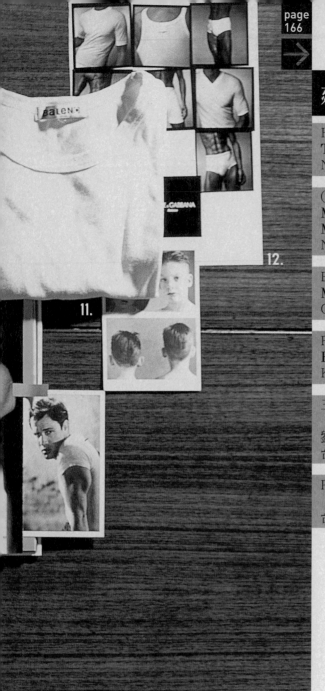

12.

11.

延伸閱讀

Harris, Alice
The White T
New York, Umbra Editions, Inc, 1996

(ed) Malossi, Giannino
Material Man,
Masculinity, Sexuality, Style
New York, Abrams, 2000

Brittan, Arthus
Masculinity and Power
Oxford, Basil Blackwell Ltd, 1989

F.Valentine Hooven, III
Beefcake
Koln, Taschen, 1995

三島由紀夫
《太陽與鐵》
劉華亭譯
台北，星光出版社，1986

Pope・Harrison G等
《猛男情結，男性的美麗與哀愁》
台北，性林文化，2001

11. 今年首選，有輕微彈性的貼身白T，Balleno險勝
　　Giodano。

12. Dolce & Gabbana的高貴版本，純白純棉，路經
　　遠遠望一望。

我有我椅夢

一直尋找一把真正屬於我的椅子，也就是說，一直在做著椅夢。

看來你也一樣，坐過無數無數的椅子，正如睡過很多的床——有些人以為自己找的是一把可以坐得四平八隱的椅子，其實一旦依靠下去就賴著睡死過去，要找的其實是一張做夢的床。

也許你我都清醒，一邊坐一邊提醒自己：一把椅子除了功能性的承托起四肢身軀連一個腦袋，讓我們可以工作可以歇息，椅子也是歷史的，人文的，社會的，創造的，想像的，椅子有它的形，更有它的神。一把椅子載負的可以是上下千百年連衍不斷的集體創作故事——從來沒有一把椅子可以獨立生存，它們都同屬於一個深曉承傳發揮的家族，無數設計師生產者，點點滴滴的研究琢磨，付出驚人的心力和時間，我們一屁股坐下去，原來都那麼偉大。

認識椅子，就像交上性格截然不同的朋友，你得好好坐下來，仔細端詳，抱膝談心，進一步撫摸躺臥（看你交友的能力與野心！）然後吐出一句，噢，我喜歡。

你喜歡的是世紀初一九〇三年Charles Rennie Mackintosh為蘇格蘭格拉斯高楊柳茶室The Willow Tearoom度身訂造的天梯靠背椅，這張有強烈日本建築和藝術風格的高椅叫那一群貴族仕女下午茶也八卦得坐得格外優雅。然後隔岸歐洲大陸奧地利維也納有Josef Hoffmann的大方典雅的椅柄弧度，一九〇四年他為Purkersdorf療養院設計的一批乾淨利落的餐桌單椅與一九〇五年為

→ Cabaret Fledermaus舞廳設計的一批輕巧愉快的單椅相互呼應，彷彿都在歌頌生命的強韌彈力。接下來是大師出場，Ludwig Mies van der Rohn的經典巴塞隆納單椅，由羅馬帝國地方法官寶座造型演變出來的這張精鋼與皮革的組合，華貴又現代，難怪的自二九年面世以來復刻生產無數，成為建築師設計師的指定收藏。而不相伯仲的有Le Corbusier在二八年主導設計的編號B306躺椅，劃時代的弧形鋼管連腳座承托起經人體工學仔細研究才定案的靠背，且按喜好自由調節浮動，從來穩站偶像經典首選。

當然你也會被法國設計傳奇Jean Prouve早在二四年的未來主義造型嚇一跳，會被Gerrit Rietveld的幾片木板巧妙聰明的組合成的Zig-Zag Chair所吸引，然後你更欣賞美國設計壇的經典夫婦檔Charles & Ray Eames設計的一整系列用玻璃纖維倒模作座位然後配上幼鋼管作放射狀結構的椅腳的作品，當中最觸目的當然是四八年參選紐約MOMA國際低成本傢具大賽的La Chaise躺椅：纖維椅座如一片浮雲，剪裁流線利落兼在當中有透氣洞。如此一個超前衛的設計始終沒有在當年入選生產，原因是成本太貴！

接著你開始跟著設計師如芬蘭籍的Eero Saarinen和丹麥的Verner Panton漫遊太空經歷斑斕奇特，他們分別設計的Tulip系列塑料倒模桌椅和鋼線結構加七彩椅墊wire cone系列都是革命性的勇敢動作。及後Panton的Pantower系列更是自成起居躺臥小宇宙。當然你又會迷上George Nelson的原子幾何結構，Robin Day的英式平民親切，而把北歐簡約大家風範發揮得淋漓盡致的莫如Arne Jacobsen和Alvar Aalto。

風起雲湧的意大利設計壇承先啟後有太多顯赫名字，熱衷前衛實踐的一眾矢志從材料到造型結構挑戰椅子的可能性，給椅子重新定義。近年貼身的還有Rob Arad的不鏽鋼打造的膽色，Jasper Morrison的利落小智慧，我行我素變變變的Tom Dixon，有機流動的Ross Lovegrove，太多太濫叫人又愛又恨的Phillip Starck，酷得厲害的小王子Marc Newson……相識遍天下，問一句，你對他們、她們，實在認識多少？

如果他們她們都曾經在你的夢裡先後出現，大抵這個關係開始不尋常。但說來朋友還是爭取機會獨處比較好，就像有一回從瑞士Lausanne幾經轉折搭錯了幾回車終於到了德瑞邊境小城Weil am Rhein，再走它半個小時的路才到了著名的設計聖殿Vitra椅子博物館，Frank Genry設計的造型結構厲害得不得了的一組純白建築物裡面展覽陳設的是上千把經典設計。倒忘了自己先天怕熱鬧，上千個好友濟濟一堂把我的興奮感覺都完全擠掉了，只能站在博物館門外隔著厚厚玻璃任人家派對，哭笑不得。

有天有夜有緣相見，還是單對單，你躺坐在他或者她裡面，喝點茶，聽聽音樂，翻翻書，談談工作談談旅行，無聊一下生活。

感覺舒服良好，然後知道，原來在同一時空裡，不能濫交。接著下來更發覺有了點年紀，從前那一伙前衛的激烈的爭議性的朋友（包括自己？）都該送進博物館，留在身邊的該是那些不太厲害不怎麼有名的，比較親近比較放鬆，就像你突然領悟到，沒有一個夢是最完美的夢，重要的是每一個簡單的夢都是一個平凡的貼身的關係——近半年我一直在找一張有頭枕有腳承的可以坐下來好好看書然後睡去的躺椅，試坐過不下百張，還未找到但不著急，我想你會明白我的意思。

我知道，在我無數的並不小心謹慎的椅夢裡，我始終留下一個上好的位置給自家的老祖宗，進場不分先後的是櫸木夾頭榫小條凳，紫檀有束腰瓷面圓凳，黃花梨透雕靠背玫瑰椅，鐵力四出頭官帽椅，雞翅木鑲大理石圈椅……這是一個還未敢闖進的精深瑰麗的夢，有天發覺自己腰板夠挺夠直，居然氣定神閒談吐優雅，懂得珍賞線條美抽象美，明朝的夢還是留給明朝。

有椅，有夢。夢中有椅，椅承載夢。看來也不必太計較你在做的是主流的還是另類的夢，不要太擔心夢的品味和輕重，地心吸力會把你自然的安放在椅子上，又或者，夢中的你發覺自己可以進一步歸真返祖，席地而坐，那當然又是另一境界。

01. 微型版本的Panton Chair，其實比原大復刻正版便宜不了多少。

02. 偶像一屁股坐在偶像上面，樂壇天王Sting與設計天王天后Charles & Ray Eames的soft pad aluminium chair在一起。

03. 一千張經典椅子，新歡舊愛聚首一堂。

04. 二十世紀革初命性的Red/Blue Chair，荷蘭設計師
　　Gerrit Rietveld的實驗創作，深受當時De Stijl風格
　　派的影響。

05. 一朝醒來發覺自己身在此椅中——

06. 好好坐下，認認真真讀一下椅子的設計發展史，
　　又或者走萬里路，跑到Vitra Chair Museum去取
　　經。

07. 遠道到Vitra Museum，碰上大師Verner Panton的回顧展，走入七彩時光隧道。

08. 始終最愛是千錘百練簡約至極的明代傢具。

09. 丹麥國寶設計大師Arne Jacoben的Egg Chair，躺得窩心。

10. 建築設計大師Mies van der Roche與他設計的最為大眾熟悉的Barcelona Chair。

11.

12.

延伸閱讀

Kries, Matthias
**Dimensions of Design ---
100 Classical Seats**
Weil am Rhein, Vitra Design Museum, 1997

Fiell, Charlotte & Peter
1000 Chairs
Koln, Taschen, 1997

景戎華，帥茨平
《中國明代傢具目錄》
北京，中國林業出版社，1999

Schleeedoorn, Iny
Donald Judd, Furniture Retrospective
Rotterdam, Museum Boymans-van
Beuningen, 1993

11. 瑞典年輕設計團隊Farner的小鋁椅，一對實用的
　　書立。

12. 隨書附送椅子專刊成為近年流行生活雜誌的經常
　　動作。

玩出個未來

正當要把第三份洒滿辣椒粉咖喱粉，淋滿濃濃蕃茄汁，切了段的烤得香脆肥美的德國香腸帶著內疚的再幹掉，還要灌下那杯超巨型的看來怎樣也喝不完的啤酒，我的手提電話忽然響起。

法蘭克福深宵街頭，算起來老家香港時間該是清晨，是誰起個老早有何急事？！電話那端是太熟悉的老友Y，沒有招呼問候，只是肯定了我人在德國，立即吩咐我替他買一盒Playmobil 123型號6609。

大概要跟大家解釋一下，Playmobil是正牌德國出產的塑膠積木玩偶，自74年正式投產以來，創造了上千個不同角色身份的不到三吋的頭手可以活動的小玩偶，從消防員警察醫生護士到西部牛仔獨眼海盜中古武士，上天下地路人甲乙丙應有盡有，當然更配套所有場景：建築地盤，華麗宮殿，火車站飛機場，監獄超市渡假海灘。Playmobil的玩偶造形其實跟傳統德國木頭玩具一脈相承，圓圓的臉蛋一點點笨拙，塑料顏色也配得正好，沒有艷俗之失。Y的越洋指令不是第一次，這趟他要的是Playmobil的幼兒版，農莊主題有牛羊豬貓狗還有農人一家三口，對，還有一棵樹。這個版本在香港大概找不到，Y總是心急的想要就要。忘了告訴大家，Y今年39歲，獨身，職業是跨國銀行地區總裁，日理萬機，這是他買給自己的又一盒玩具（難道要我送？！），他家裡有超過300個Playmobil的玩偶角色，主題場景超過50盒。

Y好此道，也不介意在熟悉的陌生的人前暴露喜好。有回到他辦公室，簡直就像走進Playmobil主題公園，還以為自己誤闖了玩具代理商的陳列

室。他的下屬每年給他生日送禮也真方便，討他歡心只要有童心。我好像理所當然的明白Y為甚麼鍾情塑膠積木玩偶，身邊也實在太多好友有過之而無不及，如果說這就是拒絕長大，我們也實在沒有甚麼需要長大的理由。

有人獨愛Playmobil，也有人死忠LEGO。這個經典的丹麥國寶級玩具品牌，也再不是我們小時候紅綠黃藍幾方有凹有凸的塑料積木這麼簡單。根據我身邊一個每天都要溜上LEGO.COM的好友H的全力推介，LEGO近年走的多元系列路線實在叫人刮目相看：嬰兒系列固然全面出擊，duplo系列針對3至6歲的年齡層，Jackstone系列有工地萬能勇士討好小男生，Belville系列卻挑戰芭比的小女孩市場。熱得連塑膠也差點溶掉的有Harry Potter哈利波特的LEGO版，打正Steven Spielberg旗號的片場版也讓大家過一下導演癮，更不用說星球大戰系列迪士尼動畫角色系列早已大受歡迎。厲害的是LEGO矢志高科技，早已走出簡單積木概念，與電腦遊戲軟件配套，至於早已在丹麥，美國英國和即將在德國出現的LEGO主題公園，以及可以穿戴上身的LEGO Wear童裝配飾，更明確顯示主腦人要把LEGO造成另一個迪士尼。有空我真的要請教一下好友H，狂買狂玩LEGO跟他在學院裡的歷史人類學專題研究有甚麼千絲萬縷的關係？他親自指導的幾個博士生是否也是LEGO迷？

愛玩愛收藏真的不是甚麼稀奇事，身體力

行參與籌劃創作玩具倒是近年潮流界的熱門話題。不能不提是短短二年間在日本玩具界異軍突起，炒作得離奇厲害的Kubrick積木玩具。主腦人是Meditoys的赤司龍彥，以向已故電影大師Stanley Kubrick懷念致敬為名，推出了身高約2吋，頭手腳皆可自由扭動的塑料積木玩偶。不要小覷這結構簡單，比例有點蠢蠢的小玩意，赤司龍彥處心積慮的，可是連他自己也想不到的大生意。

99年11月，Medicom向外界發表他們即將生產Kubrick，2000年4月正式公開發售的是以日本動畫界轟動一時的猛片《新世紀福音戰士》和《惡魔人》為主題的系列。凌厲的宣傳精美的包裝馬上迷倒不可理喻的日本玩具迷，炒賣價在出售當天由原價新台幣500暴漲3倍。Kubrick最聰明的是玩限量生產的遊戲，也用越界合作與潮流人物，音樂，電影，展覽，漫畫動畫大搞互相炒作的關係：日本潮流教父藤原浩，井上三太的東京暴族2，拍賣網EBAY，樂隊Balzac，M.C.M.，電影猿人襲地球，死之習作。手塚治蟲的經典漫畫以及橫山光輝的鐵人28，甚至李小龍劉德華，都先後有Kubrick版本，都成為瘋狂收藏炒賣的對象。本來就不必理性的心頭好，至此完全失控。

玩的是潮流是意念，當中也不乏有極高的創意修養和背後的艱苦努力，駐守香港的身邊好友Michael Lau，就是以製作搪膠（空心軟膠）玩具，從香港出發，在日本

展覽一鳴驚人，馬上被Sony買下生產版權，配合旗下媒體的動畫，精品甚至電視遊戲，迅速竄紅日本之後轉回來在港台大熱，更受歐美潮流雜誌如'The Face'的廣泛報導。憑Hip Hop滑板街頭精神創作的Gardener、Crazychildren等等系列，都是造型創新，製作異常精緻的Figure（單看那不到１吋的微型Nike球鞋就叫人咋舌！）

唸設計畫插圖出身的Michael，一度也是香港藝壇的得獎新人，但他並沒有「成功的」打進那個藝術小圈子，倒是憑一雙手一股拼勁不眠不休的打出了另一番天地。在我看來，這是打破了高檔藝術的神話，把街頭潮流文化緊扣青少年生活現實的一次勝利。在他的影響下，年來在港爭相創作Figure玩具，而且有主題內容有社會意義的新秀開始冒出，玩具不只玩玩而已，也有它推動創作的正面積極作用。

要玩的好玩的實在太多，扭扭他的她的手腳，讓他在面前來回跳動，陪她在想像的空間裡馳騁飛翔，愛玩才不老，愛玩才會贏，才會有未來。

01. 日本玩具生產商Medicom Toy主腦赤司龍彥的Kubrick積木玩具系列，成為玩具迷收藏炒賣的焦點。

02. 龐然巨物大鐵人，童年摯愛等了二十年才第一次抱在懷中。

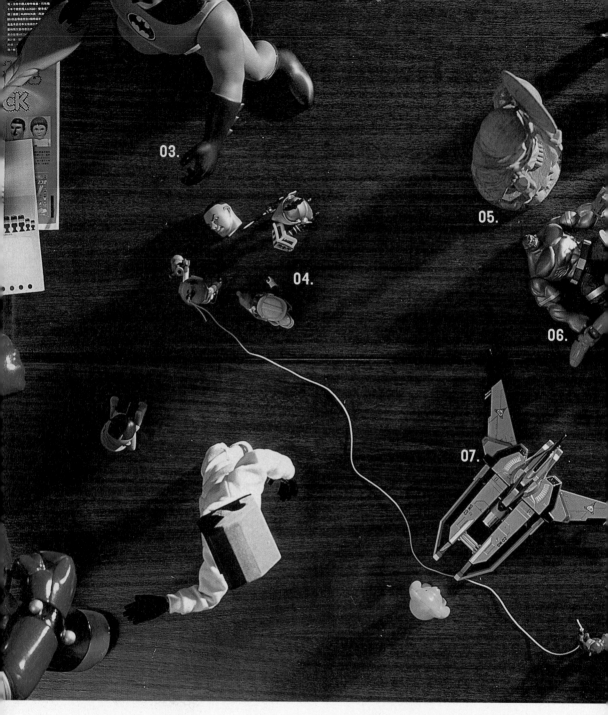

03. 家有蝙蝠俠，一軟一硬各領風騷。

04. 小小playmobile組合，發白日夢最佳良伴。

05. 赫然發覺當年從緬甸買來的一尊木雕行僧，也算是Action Figure。

06. 一堆肌肉人物以類聚。

07. 太空船，戰鬥機，每個男孩的星空歷險夢。

08. 江湖險惡，還是跟玩具在一起比較輕鬆。

09. 還是最愛最原始最簡單的Lego組合。

10. Michael Lau為Tom.com設計的一系列公仔，早已
成收藏精品。

延伸閱讀

Lavitt, Wendy
the Knopf Collectors Guides to American Antique Dolls
New York, Knopf, 1983

www.Lego.com

www.playmobil.de

11. 一眾設計新秀們不妨集中設計微型衣褲鞋襪首飾，
　　 原來也有市場。

12. 非洲的民族娃娃，手工精製造型獨特也不示弱。

收拾心情

我的初戀女友念的是圖書館學。

據說，當年正在唸大學一年級的她跟我分手之後，學業成績依然一貫的好，繼續磨練她天賦的多國語言能力，以絕佳成績完成第一個學位，接著再進修的便是圖書館學。

究竟圖書館學唸的是甚麼我不大清楚，只是每當我面對家裡那到處堆積如人高的上萬冊書籍報刊雜誌，著急地要找出曾幾何時翻掀過的某一書頁中的某一段資料某一幅照片，而又當然不知所蹤之際，額頭正在冒汗的我著實惦記當年的小女友。

如果我們還在一起，老實說，專業的她也不一定幫得上忙。當一本書一本雜誌到手，你如何閱讀吸收消化整理分類歸檔，完全是私事，完全是個人的努力和掙扎。

面對眼前的花團錦簇壯闊波瀾，我只能繼續冒汗然後深呼吸，告訴自己我依然堅強我沒有放棄，我依舊不能自已的見好就買，從來貪心的我太容易為厚厚幾百頁巨著當中的一幅小插圖動情，又會為日文法文義大利文雜誌中一知半解的單字碰擊起的胡思亂想而雀躍，買，都先買下：時裝的，建築的，時事的，飲食的，漫畫的，旅行的，設計的，詩的，詞的，電影的，音樂的，色情的，道學的，散文的，小說的，繪畫的，攝影的……沒完沒了，總覺得在未來的歲月裡始終有機會翻翻會用得上會有收穫，買書買雜誌，是買一個希望。

然後煩惱就來了，先不要提起搬家有如移山填海工程浩大，就是要把每天進來的報刊雜誌新書找

一個位置安放，再奢侈的冀盼某天能騰一點甚麼時間讀一遍，簡直是壓力沉重的希望工程。林語堂先生在《我的書房》一文中悠閒的微笑著建議大家在家裡大可把書報雜誌隨意安放，不必分類，「……給書分類是一門科學，不分類則是一種藝術……你的書房將永遠罩上一塊神秘而迷人的面紗，你永遠不知道你會找到些甚麼……」對我來說，這太容易也太高檔，一旦要找些甚麼，心急火起又罵又哭，還是棄偶像之美意不顧，努力尋找一個自救的方法。

學懂克制有點太苦，但總算開始比較嚴謹的選書，至於報刊和雜誌，依然來者不拒的同時雷厲執行看一本「吃」掉一本的原則，「吃」的方法是邊翻閱邊解體，在車上在船上看一頁撕一頁，馬上棄置那些廣告篇幅和無關痛癢的內容，然後把隨身攜帶的釘書機和膠紙拿出來，就地釘裝粗略分類，然後回到工作室回到家中，把那些釘裝好的和其他散頁單張一一馬上存檔——對，我的生命中最重要最偉大的傢俱是懸掛式檔案櫃，文具店裡我最熟悉的是懸掛式文件夾的尺寸，顏色，質地和價錢，消耗量極大的我已經被店長視為上賓，自動打九折。

李漁在生的康熙年間，大抵像懸掛式檔案櫃這等西洋器物還未發明，否則在他所著的《閒情偶寄》的居室和器玩部中，除了大力表彰抽屜櫥櫃的作用，箱籠篋笥的必要，一定會推崇這些從來灰灰綠綠黑黑的檔案櫃——不矯扭雕飾，不浮誇造作，有

重量，夠實在，功能掛帥，安全保險，而且重覆的間格有條理有節奏，培養你的工作規律，保護你的辛勞成果……以下刪去不絕讚美一千五百字。

無論你用的是美國進口Steelcase Inc.的保用百年或以上的經典四抽屜檔案櫃，還是稍加修飾有Art Deco線條風格的美國設計師Donald Deskey的版本，甚至更普遍是用自家本地鋼具老店英記雄記在東莞設廠生產行銷海內外的貨色，老老實實都是檔案櫃。料不到的是近年檔案櫃竟然神推鬼使的爬上了傢飾流行榜，挾後工業的風潮氣勢，滔簡約主義的光，檔案櫃正式從辦公室跑回了家，從書房跑出了廳堂。潮流色雜誌《View On Colour》早在九三年創刊三號以大字標題bare & essential介紹了荷蘭女設計師Mariet Voute如何努力搜集二、三十年代由一眾無名氏設計生產的荷蘭本地的經典檔案櫃，如何修復如何應用如何讚賞如何感動。近年響噹噹的義大利傢俱名牌Cappellini旗下主將Piero Lissoni年復一年設計的極受歡迎的貯物組合櫃，無論高矮肥瘦換了甚麼質材，其實都是檔案櫃的變種。受傳媒一致看好的比利時建築設計新晉Maarten Van Severen義無反顧走的是簡約的路，毫不諱言檔案鋼櫃是他的靈感源頭，當中貫徹的是自工業革命以來包浩斯設計理論之後，不斷深化的日用產品規格化平民化崇高理念。然後友儕當中有前衛劇場大姐早把檔案鋼櫃作衣櫥，金牌美指創作總監新居入伙，廳房櫥浴室清一色幾十呎檔案鋼櫃，金銀首飾紙碎雜

物一併貯存。走到街上，新開張的概念時裝店更是樂此不疲的大量應用二手檔案櫃，用在鋪後貨倉也好在店面直接陳列新貨也妙，實在流行也流行實在。

如果你在香港某個離島某個山上三更半夜看到某幢房子某層樓裡還亮著那麼一盞燈，那是我還在努力的把每天到處收集來的寶貝材料拚命的收拾歸檔；身體部細分有面孔，表情，坐姿，站立，動作，裸體（單人），裸體（眾人），手腳，其他器官，骨骼，內臟……食物部細分有麵，米，豆腐，蔬菜，海鮮，醬汁，香料，燒臘，湯，沙拉，餐廳，廚師，乳酪……我的身旁團團疊疊的是十幾年來數千本中外期刊，已解體處理的，貼滿標籤貼紙旳，還未拆掉包裝膠袋的，請不要教曉我把眼前的一切圖文檔案材料再重新一次輸入電腦貯存，我所依戀的還是那些黑白彩色印刷紙張，我所依賴的正就是那一排又一排據說可以把千頭萬緒都妥貼安放的檔案櫃，白天黑夜一路收拾是投進知識海洋打撈一點甚麼之前的暖身，唯是暖身過程也夠激烈也夠累，收拾了面前的一切之後再也收拾不了心情。

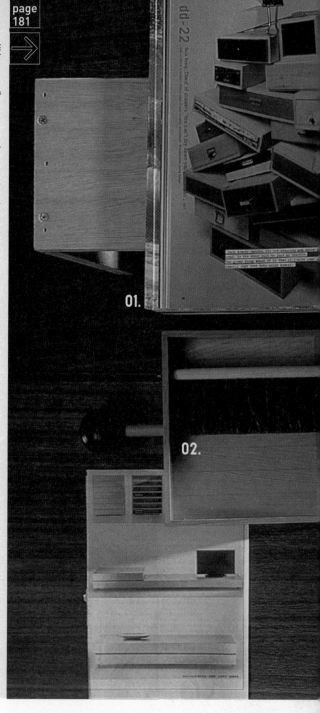

01. 荷蘭設計師Tejo Remy九一年設計的「一堆」概念性抽屜組合，既幽默又深情。

02. 貯物要緊，拂拭清潔也很重要。

150 dia-clip

150 dia-clip

04.

03.

05.

06.

DESIGN

essential

KODAK Color Control Patches

03. 自家度身DIY的貯物格式才最實際合用。

04. 家裡唯一一個首飾盒,裡面沒有鑽石。

05. 原來只在辦公室出現的古老檔案鋼櫃,一下子成了潮流搶手貨。崇尚功能與規格,百分百現代主義。

06. 風琴式紙皮文件夾,實而不華的好貨色。

07.

08.

09.

10.

07. 如果世上沒有了懸掛式檔案文件夾，我的一生就懸在半空中。

08. 分類存藏得過份仔細，往往也就忘了東西放在哪裡！

09. 經驗中，家裡有越多貯物空間也就越多無聊雜物出現。

10. 書架書櫃裡藏書永遠都擠得滿滿的，不要問我已經看完多少本。

延伸閱讀

View on Colour No.3
Paris, United Publishers   S.A.

www.the holdingcompany.co.uk

www.cabinetstorage.com

www.homestorage.com

www.tisettanta.it

www.besana.it

11. 貯物紙盒，四邊的那些金屬保護角最穩妥最迷人。

12. 簡單就是美，乾淨利落永遠是一種理想追求。

活在牆紙中

醒來，眼睜開，面前是七色五彩，是還在做夢嗎？不，我想我的夢比較傾向黑白，偶然會有藍，面前分明是現實。

人在哪裡？趕快問自己希望問出一個清醒。肯定眼前是陌生環境，這趟已經出門兩個星期，十四個晚上給五種截然不同的花紋顏色牆紙團團圍困直逼入夢，開始受不了。

看來是真的醒了，面前清清楚楚的是普魯士藍成一片且均勻灑落大大小小金星，近天花處的環帶還有笑面半彎月亮，黃得有點突出。頭頂天花是一個粉粉的藍，難怪昨天晚上一進房就軟棉棉的想睡——半睡半醒快速搜畫這幾晚分別有紅綠粗條相間維多利亞女皇時代的濃重深沉，有William Morris式樣的十九世紀末英式花鳥圖案，纏繞不清的枝葉一概是藍藍綠綠的調。也有不知是哪一朝法國君主的徽號，盾牌，神獸組成的一大串紋樣，紅黃配搭整整齊齊排列在眼前，再誇張的是畫有東方亭台樓閣山川景物的有如出口青花瓷器碗碟上的圖案，都在四壁浮動，看來我暫時自費付得起的歐洲小旅館的小房間，還是流行著上兩個世紀的流行色和紋樣。

沒有太大成見，只是眼睛覺得有點花。也許是自小家裡都住靠海，據說是怕潮濕的關係，四壁從來沒有貼牆紙，只是年復一年的刷上經典的湖水綠。後來有了自己的房子，開始了白牆世紀，裝修師傅拿來調色票，白乳膠漆管叫雪中系列：雪中玫瑰雪中萍果雪中小麥雪中這樣那樣，各有所好反正都是白，刷上牆乾淨利落，都好，就再也沒有牆紙的份。牆紙的生產和消費的確也在世界

家居裝潢材料市場中滑落下坡，被種種先進的油漆材料取替。唯是出門路過，也不介意三天兩夜在人家的歷史顏色中客串一下領會一番。這以為會在日常生活中逐漸引退的牆紙，竟然意想不到的以另外一個形式來一次強猛有力的回歸。

牆紙回歸，說的是響亮的就叫做Wallpaper的潮流生活雜誌，九六年底在英國創刊，五年下來，風起雲湧的叫雜誌行內人爭相追仿叫潮流一眾讚美吹捧，連紐約時報也把當下最流行最時尚的人事形容作"very wallpaper"，人人都願意，也彷彿就活在牆紙中。

雜誌大名牆紙，副題是The Stuff That Surrounds You，擺明車馬從上而下不分左右大包圍，看準富裕的要炫要找認同的鏡，窮的要幻想要做夢，以服飾趨時俊男美女周遊列國公幹消閒獵食花費為主體，把設計，建築，家居，旅遊，飲食，時裝，運動甚至園藝都括入囊中。比老牌經典女性雜誌如 Vogue 如 Harper Bazzar 如 Elle更中性更媚，比建築設計行內的龍頭大哥雜誌如Domus如World of Interior更活潑更刁鑽更小道，比旅遊雜誌的中堅如 Travel and Leisuer如Conde Nast Traveller 去得更遠更偏更個人，比飲食雜誌的主廚如 Saveur如 Food Illustrated 來得更輕巧更注重健康，也比街頭潮流經典如 The Face 或者ID來得更貴氣炫耀更花得起，處處出擊竟然場場告捷。有心而且仔細的讀者在這幾年內一直興奮的看著潮流雜誌間拳來腳往

的大戰，從編輯方向，題材內容，文字風格版面，攝影到插圖的安排處理，都被Wallpaper的肆無忌憚勇往直前打亂了陣腳，加上時代華納在九八年看準時勢用一百六十萬美元，買起了Wallpaper，更留任其創辦人兼總編輯Tyler Brule，讓他繼續風騷領航，更有恃無恐的做想做愛做的事，除了雜誌全球暢銷，更有網上版本，還在每年四月的米蘭傢俬展中與名牌贊助合辦大型主題展覽，一九九九年的limitless luxury和二○○一年的Urban Addition，都是把雜誌平面立體化物化的成功實驗，轟動一時。

當然有人會一臉嚴肅的批評Wallpaper這樣的雜誌輕浮表面得可以，在信念崩潰物慾橫流的今日，為消費而消費已無意義無出路，但作為一個比一般多一點要求的讀者，我倒願意放鬆一點開放一點，先學懂佩服Wallpaper編輯團隊的拼搏精神，花花世界天大地大，他們做得到在五湖四海廣佈線網，把一切和設計生活相關的都放到我們面前，軟硬輕重甜酸苦辣任君挑選配搭吸收消化：莫斯科的高檔時裝店James的生意額；黎巴嫩的電視新頻道的節目巡禮；時裝界傳奇人物Stephen Sprouse為何會替Marc Jacobs打點LV品牌設計塗鴉手提包；德國Dusseldorf的港口發展大計；巴黎新開張的James Dyson吸塵機專賣店，在自家窗口種植意大利蔬菜和香料的簡易方法；厚達五十五頁的瑞士全透視專輯；塞浦路斯Nicosia機場裡廢置了二十七年的候機室；日本設計團隊idee如何憑Sputnik系列打入

歐洲市場？澳洲雪梨的夜店正在播怎樣的非洲節奏⋯⋯如果你不只是翻翻書頁看看漂亮圖片，如果你真的耐心的看看文字內容，你還是會發現一個你不怎麼熟悉的依然叫人驚喜的世界。

正正因為雜誌就叫牆紙，這是當事主謀人一個處心積慮的黑色幽默吧！Wallpaper的靈魂人物，今年三十二歲的加拿大籍集團總裁Tyler Brule，自小就隨足球員父親輾轉居停，先後讀過十所小學的他從來習慣流徙飽嚐孤獨，及至大學選修新聞系中途輟學跑到英國當記者，更在派往阿富汗採訪時被游擊隊槍擊至一手重傷一手殘廢，從死神身旁走過的他不會不清楚生命的脆弱，而做為一個公開出櫃的同志，他也明言因為極沉重的工作壓力，被迫放棄一段又一段感情關係，花花的世界就正如牆紙那麼表面，就是那麼七色五彩，一手狠狠撕下來卻叫你看得見背後生活的齷齪和時日的斑駁—— 然而我們都樂意一層又一層努力的貼上更美更好的，平面變成立體，虛擬當做真實，就像張曼玉在《花樣年華》裡面，一身艷麗繡花旗袍站在更艷麗的印花牆紙面前，物我交錯重疊，人情世事活現，像紙一樣薄。

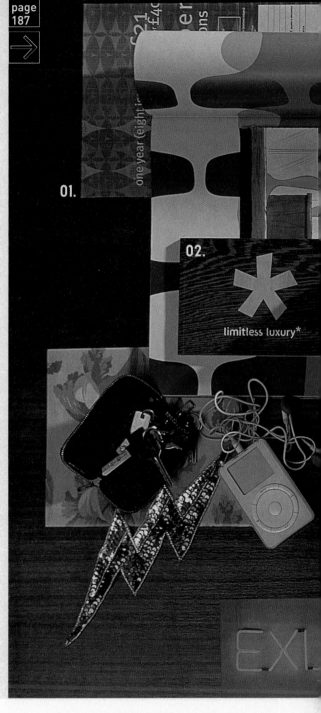

01. 五、六十年代的牆紙紋樣，如今重出江湖再度流行。

02. 標榜奢華，不敢苟同也不妨看個究竟。

03. 他有他的牆紙，我有我的乳膠漆。

04. 俊男美女無憂生活，把假象包裝成現實看來不太困難。

05. 芬蘭設計大姐大品牌Marimekko的布料圖案精彩大膽，掛簾裝飾首選。

06. 如何能夠歷久常新成為經典？是人是物也要爭取這樣的一種質素。

07. 已經離任的Wallpaper總編輯Tyler Brule是新一代
雜誌媒體的天之驕子。

08. 浮華外表，翻開Wallpaper其實也有精彩的文章。

09. 大量起用新一代插圖師，Wallpaper功不可沒。

10. 翻開一本雜誌一本書，常常會想該用什麼類型的
音樂去配合閱讀——是爵士？是電音？是民族樂
風？

延伸閱讀

Wallpaper Magazine

Pasanella, Marco
**Living in Style
Without Losing Your Mind**
New York, Simon & Schuster, 2000

Hinchcliffe, Frances
Fifties Furnishing Fabrics
London, Webb & Bower, 1988

Bayley, Stephen
The Secret Meaning of Things
New York, Pantheon, 1991

11. 喝光了脫光了，後事如何，下回分解。

12. 教導大家該如何生活的書成行成市，倒很有興趣
　　知道作者究竟真正如何生活？

生存制服

脫得一乾二淨，再把自己套進去，唔，可以開始
睡了———

那是年輕浪蕩時期的往事：無慮無憂跨國穿州過
省，路上住的都是青年旅舍，有的就在鬧市中心
車站旁的破舊老房子，有的偏遠近郊在某個樹林
裡某條河邊，因為年輕所以驕傲所以膽大而且不
知那來的力氣，揹包超巨型，裡面幾乎齊備所有
家當：內外衣褲，鞋襪，炊具食器，收音機錄音
機隨身聽，雨具，電筒，牙膏牙刷，肥皂洗衣粉，
參考書，地圖，筆記本，畫具，罐頭，方便麵，
藥包，樂器，指南針，鬧鐘，後備眼鏡，萬能小
刀…… 還有沒有遺漏的？ 對，這個很重要，申
請青年旅舍証件的時候，辦事處的胖叔叔千叮萬
囑，這個「套」一定要放在行李揹包裡帶著上路，
到了各地旅舍進住時還要給當值人員檢查，否則
他們有權不讓你進住———這是一個指定的「被
套」，其實也就是一張簡單的床單對摺縫好成長
方，枕頭位置再反摺一下以便把旅舍的枕頭套進
去，申請証件付費的時候一併購買，並不鼓勵自
行亂來DIY。走過去一看，顏色只有淡黃和粉紅，
沒有我喜歡的灰藍或者黑白，很勉強，沒辦法，
知道往後路上好一段日子，夜裡都要裸著被淡黃
套著，心裡很不是味道。

究竟想出這被套點子的主事人，是怕我們的年青
身體弄髒旅舍提供的床單被褥？還是怕他們的床
上用品不乾淨，有損我們的嫩滑肌膚呢？你防我
我防你防不勝防，只好相信。預防勝於治療，安
全第一，保險保險。還記得那些酷熱的，潮濕的
或者是嚴寒的旅舍晚上，規定的關燈睡眠時間過
後大房裡交替響著來自五湖四海的陌生鼻鼾聲。

因為日間的興奮聲色刺激得失眠的我，把自己套在薄薄的淡黃當中，竟然隱約有一絲回到家的安全與溫暖，縱使對明天上路的去向還不很確定。

如此簡單（而且不漂亮）的一張被套，既是功能的，又是心理的感情的，尤其是當你在休息的無防範的一個狀態裡，它赫然就像另一層保護的皮膚，求一點安心，原來我們的需求就這麼原始。

這個被套如今不知放在家裡衣櫃的那一層那一疊？近年的行旅已經絕少入住青年旅舍，也不知為何就隨便的相信現在經常勾留的那些四星五星酒店提供的被褥枕頭真的是衛生乾淨，也許自知是應有的謹慎早已應對不了變異得實在速超和離奇的現實。所以也就半放棄的聽天由命，唯有相信天生天養，好自為之。

相對這樣消極懶惰的接受既定，身邊也實在有一群積極主動去警惕提示，創新求變的設計者，研究發明種種衣食住行貼身生活相關產品，慎重的嚴肅的輕鬆的幽默的，都把隨身上路適者生存的特性突顯；我們的身體本來就是一個流動的場所，如今更主動的被動的頻密行走於五湖四海。在分析、了解各種場合環境情況的安全保險需求的同時，也再重新認識自己的身體，關注自己的身體需求，也就是關注自身的當下存在和可能未來。

附有流通電話裝備的夾克，可以上網發電郵聽MP3音樂看視像資訊。Levis早就與飛利蒲電器共同研制推出了ICD+服裝系列。意大利的CP Company亦在97年推出過連有防污染毒霧帽的夾克，參考了機場地勤人員的制服裝備，也有連耳罩以及連手電筒的夾克分別防聲音污染和方便夜行，更受矚目是可以用附帶塑膠條子把雨衣撐成臨時帳幕的一個廣受歡迎的設計。

將長途旅程中睡眠用的充氣枕頭／頸套與夾克上衣連成一體，甚至裙子一坐下可以變成椅子是英國時裝設計中堅份子Hussein Chalayan的聰明主意；Patrick Cox已經致力生產大量利用拉鍊，神奇貼作為連接併合方法的自行結構的衣飾。長短袖寬緊隨意，隨時變身，而這個就叫做'Pieces'組件的系列，更打算用自動販賣機在各種公共場所交通要塞販售。如果滔滔光把三宅一生也拉下水，他的經典縐褶系列，五顏六色還有螢光有圖案，也就是貼身適身隨身的流行服式先行好榜樣。

駐守巴黎有來自奧地利的設計師Desiree Heiss和德國的Ines Kaag，倆人創立的品牌Bless，是近年備受媒體重視報導和受消費者歡迎的服式／家用品設計組合。為古老椅子穿上一個半透明的塑料外殼，用新研物料為自己剪貼出一雙便鞋，用刺繡圓框套緊防水布做成碗碟，是行旅中最靈巧方便的進食餐巾連餐具。更有各種披披搭搭的多功能布袋變成上衣變成裙變成褲。Bless用的行銷策略是限量訂購的方法，相應也減輕了大批生產的浪費，很有

支持擁護的一眾。

既然是多功能，就當然的脫軌越界，既是
服裝，又是家用產品，通訊影音電器，傢
具⋯⋯也因為實驗創新，更以裝置藝術，
行動藝術之名發表在眾多的藝術雙年展。
來自英國的女子Lucy Orta，是行內一致公
認的百變生存制服大姐大，過去十年致力
的，是把各種上天下地挑戰體能極限的運
動服，營幕裝備，救生應急工具，一口氣
結合起來，所以穿上身的是一件衣服也是
一個帳幕一個面罩一個工具箱，看起來怪
怪的但卻是完全實用。Lucy大姐更有心挑
戰大題目，關注的是環保、污染、難民營、
示威遊行，以至性別研究等等社會話題，
最叫人印象深刻是一個行動概念作品，各
個獨立個體的「衣服」都有管道連起其他
參與者，既有同甘共苦的意味，也實際的
在嚴寒中「分享」了體溫，各個體的獨立
衣服帳幕也能組合成一大帳幕，你我不分。
加上這些服飾本就沒有男女性別分野，隱
「性」忘我，說不定是新一波大趨勢。

看起來還是有點誇張的生存制服，今天即
使用不上，也難保明天你我不得不急急跑
去買一套。三宅一生的大徒弟津村耕佑
Kosuke Tsumura，97年推出的Final Home
系列，也就是大玩危機意識的求生服飾。
取了最後家園這個屬害名字，大紅大賣，
集樂觀和悲觀，絕望和希望，危亡和溫暖
一身，難怪成功如此。

01. 買來兩卷臨危不亂的膠帶，案發現場最醒目。

02. 亂世中人人自危，日常服飾也大玩求生救命的元
素。

03. 重型行軍背囊是每日在都市森林中的經常裝備。

04. 生存制服借題發揮,剪裁造型可以既實用又奇特古怪。

05. 津村耕祐的服飾品牌叫Final Home,最後家園一擊即中一眾危機意識。

06. 你的背包中可有手電筒隨身帶?

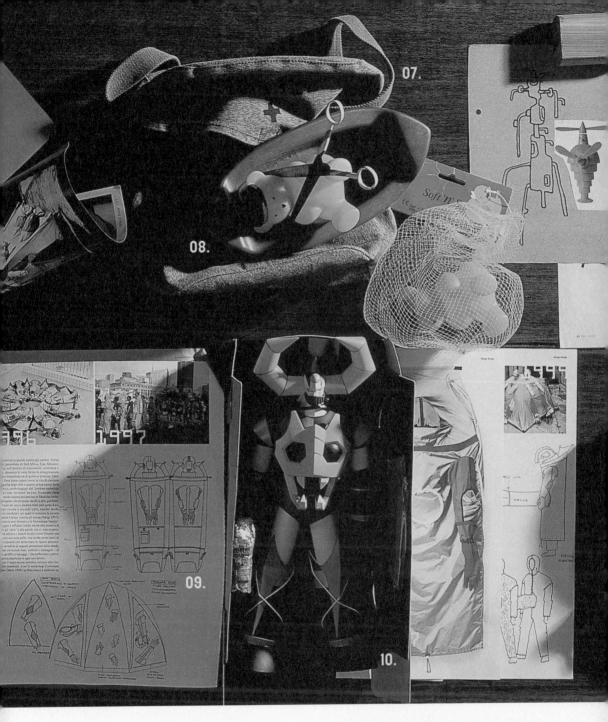

07. 不是戰爭狂，但也死忠軍事用品——究竟是何心態請替我分析一下。

08. 同坐一條船，能否一同從此岸到彼岸就看各自修行。

09. Lucy Orta是倡導百變生存制服的行動藝術大姐大，出得荒山野嶺入得藝術殿堂。

10. 三一萬能俠六神合體，要生存就要如此武裝自己？

延伸閱讀

Bolton, Andrew
SuperModern Wardrobe
London, V&A Publications, 2001

McNab, Chris
20th Century Military Uniforms
Kent, Grange Books, 2002

www.Mag-lite.com

www.finalhome.com

11. 新的物料新的功能配合反恐新時代。

12. 最實際,行軍小水壺全天候隨身帶。

今夜有光

笑容可掬的櫃台服務員遞給我房間的門匙，根據她的指示我提著行李上了二層樓，走過窄長的走廊打開一重又一重防火防煙門，不知怎的我無論在哪裡入住的旅館房間都拐彎抹角的在建築物的盡頭，常常有奇想這裡根本沒有我住的那一個房間號碼。

139，開門進去，先把肩上手中的沉重卸下，靠走廊另一頭微弱的光，我在房間裡摸黑找燈的開關。明顯地開關不在熟悉的門側，床頭燈地燈檯燈就在眼前可是摸來摸去甚至拉起電線也沒有開關，奇怪的是浴室裡也找不著一個按鈕。想無可想在打算拉開厚重窗簾讓窗外市郊公路旁的疏落街燈照進來之前，我把電視遙控開關按下——一臉一身一室泛著冷冷的熒光藍，也總算在藍光之下，我在床頭櫃面找到一個設計得過分精密的「總控制台」，超過二十五個按鈕分別可以替你亮起左右床頭燈，地燈檯燈壁燈，鏡燈走廊燈浴室燈，還有方便夜裡上廁所的夜燈……賭氣的把燈都開了，室內如同白晝，太亮的光把這個一點也不吸引的百多平方呎旅館房間的所有傢俱裝潢，顏色質材的缺點都暴露人前，我馬上知道，其實我只需要亮起一盞床頭燈。

我們也許太習慣活在燈光裡面，而且往往是太多太濫的燈，叫我們對燈對光的那種細緻感覺和應有的尊重珍惜都忘掉了。天未暗就亮起來的街頭市面各式霓虹廣告，商舖招牌，還有那爭相做發亮市標的一幢又一幢超智慧型商廈，夜夜屹立爭光。走在路上的我們都滔了光，據說有了光城市才存在，一旦燈滅，你我都不見了。

燈光微弱的城市在勢利的文明摩登排行榜上永遠不被提名，但叫我留下最深刻難忘印象的也就是這些城市的僅有的光：也門首都薩那Sana，抵步進城的那一刻天已全黑，泥板疊成的阿拉伯傳統建築疏落的開著小小的窗，鑲著精緻彩色玻璃的窗透出室內微弱的光，有光就有故事，一下子把我們帶進天方夜譚的神奇國度；還有是緬甸首都仰光沒有街燈的摸黑夜市，叫人根本沒法弄清攤販擺賣的是甚麼貨色，只有城中的佛教金廟聖地，徹夜燈火通明，虔誠信眾絡繹不絕，瑰麗壯觀。更有柬埔寨吳哥古城的無燈無火的深夜，如潮遊人早已過去，千年仙妖神佛雕像的面目也在夜色中模糊，閃亮登場的是滿天的星……

活在城市之光中的你我已經擁有太多，燈光科技的精進和燈飾設計的刁鑽已經太炫太亮，當照明已經不是目的，我們要求眼前一亮的是能夠重新觸動起心靈某處的某個遺忘光源，我們期盼的是能夠用光述說用光溝通一些簡單卻又細密的心底悄悄話。我們需要身邊有人能為我們亮這一盞燈——被推崇為光之詩人的德國燈設計家Ingo Maurer，三十多年來的心血心思心事都寄託在燈火當中，一次又一次的冒險的推翻建立又再推翻燈之定義：從一個至愛的光禿禿的鎢絲燈泡出發，他為我們帶來了出神入化的物料組合，想像無蹤的形態比例，尖端的照明科技在他的擺佈下有了生命有了詩意。

最為人熟悉的是面前一個有雪白雙翼的騰空而起的燈泡Lucellino，勾起眾人蠢蠢欲動的想飛的念頭。再望過去有五支浮在半空的蠟燭狀燈管Fly Candle Fly，向照耀前人喜怒哀樂的蠟燭奉上最高敬意；還有一堆打碎的白瓷餐飲碗碟堆砌成了最震撼最雕塑的吊燈Porca Miseria，可以想像燈光之下那一桌飯局該是怎樣的興奮和熱鬧；當然同樣厲害有幾十枝長短不一極幼鋼線圍繞光源以刺蝟狀懸空，鋼線一頭有夾子可以把情信把通告把備忘懸起，提醒大家燈光之下不忘不棄的大事小事，至於近年新作，直徑十呎或以上的超巨型半圓金屬燈罩XXL Domec，更是叫人紛紛議論的話題作。

自嘲甘心願意賣身給燈光為奴的Ingo Maurer直言他也享受黑暗，就像給包裹在厚被當中的感覺的確好。他也寓意深長的說到比太陽比月亮還要光要亮的一盞燈，其實就是每個人心中應有的光，從微弱到燦爛，都該給自己時間和機會。他身體力行，以光引領光，也對光中前輩頻頻回顧致意；他花了好一段時間以上好和紙為素材，重新演釋日裔雕塑大師野口勇的經典紙燈座系列，也利用hologramme技術投射在塑料燈罩的燈泡幻影where are you Mr. Edison向愛迪生先生致敬。

每年的意大利米蘭燈飾大展都喜歡在Maurer的專題展覽場中流連，在他的燈光創意概念中遊盪，光影當中我們不是被

動的觀眾，我們參與了演出，自由的演出
自在的角色。Maurer私下說過稱他作詩人
實在有點壓力，他倒願意作一個光之惑者
the seducer of light，我們有幸和他一起被
燈誘被光惑，然後發覺，懸空的一個最原
始最簡單的燈泡，亮起來已經叫人心動。

輕い光

01.

INGO MAURER

93/94

02.

01. Light，輕輕的，光—— 同一件事，悄悄的又不
    一樣。

02. 德國燈具設計大師Ingo Maurer的簽名作，長了翅
    膀的光Lucellino。

03. 雕塑大師野口勇的紙本燈具系列，早已成流行經典。

04. 創意不斷，未來之光有賴新晉設計師的努力。

05. 兒時紙燈籠，最原始最簡單最厲害的設計。

06. 時光流轉，相互駕御與糾纏。

07. 床邊案頭，多年不離不棄的是意大利燈具廠商
　　LucePlan的Constanzina。

08. 瑞典女設計師Harris Koskinen的一磚玻璃冰燈，
　　冷與熱的詩意組合。

09. 意大利設計界祖父級大師Achille Castiglioni，優美
　　典雅的示範作，Fucsia系列最叫徒子徒孫拜服。

10. 日本女設計師Masayo Ave的海棉刺蝟燈，新一
　　代好玩創意。

11. 為什麼燈泡會發亮？十萬個為什麼的初階問答。

12. 日常便條滿天飛，飛出一種裝置效果，又是Ingo
　　Mauren的好主意。

後記

我想我是被寵壞了。

當我決定要為這本結集的分為人時地物的四個段落的二十八篇故事，各自拍一張「團體照」的時候，身邊的其實比我玩得更瘋更多古怪想法的平面設計師學弟浚良和那個從來不怕死的攝影師小包，完全沒有異議，馬上就動腦想方設法，如何把我的家變成一個攝影棚。

三天二夜幾乎不眠不休，衷心感激這兩位合作無間的拍檔的同時，我也第一次知道原本平日瞎嚷簡約的我，家裡原來藏有這麼一些亂七八糟的好東西，能夠構建出自成生態的物像畫面，當然也必須感激暫借出自己私家藏品叫私生活更加熱鬧的身邊一眾好友：清平、明明、千山、惠琪、偉新、國基、燕妮、凡、Wagne、Dennis……同好同道又各自精彩。

翻著那一疊測光試驗的拍立得，對照原文再編寫圖說和延伸閱讀部份，想起的是年前開始動筆寫作這一批專欄文章的情景，在此實在感激催生了這批作品的怡蘭小姐、裴偉先生和黎智英先生，也感謝大塊文化一直以來的鼓勵和支持。

一直在身邊忍受我的挑剔和多變的設計拍檔千山，犧牲了整整二個星期的十四個午後和晚上，為此書作最後的版面製作完稿，打斷了他上健身房的每日指定動作，幸好體態未見走樣。

我的既是指路明燈又是上方寶劍的好兄弟H，我的日常生活的總設計師總工程師M，話就不必多說了，讓我們好好的吃一頓吧。

真的，我是被寵壞了。

應霽 二〇〇二年十一月

國家圖書館出版品預行編目資料

設計私生活／歐陽應霽著.— 初版—
臺北市：大塊文化，2002 [民 91]
面； 公分 . (home 02)
ISBN 986-7975-61-8 (平裝)

855　　　　　　　　91020514

LOCUS

LOCUS

LOCUS

LOCUS